Oetinger

Kirsten Boie
Eine Welt aus Büchern

KIRSTEN BOIE, 1950 in Hamburg geboren, ist eine der renommiertesten deutschen Kinder- und Jugendbuchautorinnen. Für ihr Gesamtwerk wurde sie bereits 2007 mit dem Sonderpreis des Deutschen Jugendliteraturpreises geehrt. 2022 wurde sie für ihr Jugendbuch »Dunkelnacht« erneut mit dem Deutschen Jugendliteraturpreis ausgezeichnet. Kirsten Boie hat viele beliebte Kinderbuchfiguren für alle Altersgruppen erschaffen, darunter »Der kleine Ritter Trenk«, »Seeräubermoses«, »Die Kinder aus dem Möwenweg« und »Thabo«. Darüber hinaus ist die promovierte Literaturwissenschaftlerin mit großem Einsatz auf dem Gebiet der Leseförderung aktiv. 2019 wurde ihr dafür – sowie für ihre schriftstellerische Tätigkeit – die Hamburger Ehrenbürgerwürde verliehen. Nicht nur »Paule ist ein Glücksgriff« – so der Titel ihres Debütromans –, sondern auch »Kirsten Boie ist ein Glücksfall für die deutsche Kinderbuch-Literatur« (NDR).

Kirsten Boie

DUNKELNACHT

Verlag Friedrich Oetinger · Hamburg

Mehr von Kirsten Boie (Auswahl)

Es gibt Dinge, die kann man nicht erzählen

Heul doch nicht, du lebst ja noch

Nicht Chicago. Nicht hier

MIX
Papier | Fördert gute Waldnutzung
FSC® C014496

Originalausgabe
9. Auflage

Einband von Weiß-Freiburg GmbH
– Grafik und Buchgestaltung –
unter Verwendung von Bildmaterial von
© Lutsenko_Oleksandr, © KieferPix,
© Nik Merkulov @ shutterstock.com und
© Stadtarchiv Penzberg, Stadt Penzberg,
Sammlung Winkler-Stadtchroniken 1933–1944
Druck und Bindung: GGP Media GmbH,
Karl-Marx-Straße 24, 07381 Pößneck, Deutschland
Printed 2026
ISBN 978-3-7512-0053-0

www.oetinger.de
www.kirsten-boie.de
www.möwenweg-stiftung.de

I. TEIL
DER MORDTAG

Penzberg, 27. April 1945, abends

1. SCHORSCH, MARIE

Sagen wir, es ist Vollmond? Aprilmond, fast schon Maimond, langsam schiebt sich eine Wolke vor das beinahe perfekte Rund. Ja, lasst uns den Vollmond wählen, in der folgenden Nacht können wir ihn brauchen. Auch Mord braucht Licht.

Jetzt aber, in dieser Nacht, sehen wir nur zwei im Mondschatten des Rathauses, einen Schritt auseinander, immer noch, obwohl sie doch schon länger so stehen.

»Sie sagen, die Amerikaner sind vielleicht morgen schon da!«, sagt das Mädchen. So wie sie ihn ansieht, würde sie vielleicht lieber die Frage stellen, die in der Luft hängt, seit die beiden hier eben fast aufeinandergeprallt wären. *Magst du mich?* Aber das fragt man nicht. Ein anständiges deutsches Mädel schon gar nicht. Die Bluse der BDM-Uniform ist ihr ein bisschen zu eng, seit dem vierzehnten Geburtstag vor ein paar Wochen kann sie nicht mehr verstecken, was darunter geschieht. »Sind ja schon ganz nah! Mein Vater sagt, am besten, wir legen schon Betttücher bereit.«

»Betttücher?«, fragt der Junge verwirrt. Auch er würde lieber über anderes sprechen, das sieht man.

Jetzt beugt das Mädchen sich doch weiter zu ihm hin. »Weiße Fahnen!«, flüstert sie. Ach, nur darum kommt sie ihm jetzt so nah. Sie will nicht, dass irgendwer mithört, was sie sagt. Wehrkraftzersetzung, Feindpropaganda, darauf steht der Tod. »Mein Vater sagt, ist ja nicht nötig, dass die Amerikaner uns noch alle niederknallen!«

Kapitulation?, will der Junge rufen. *Deutschland ergibt sich niemals! Auch Penzberg nicht!* Aber er sieht ihr Gesicht so dicht vor seinem Gesicht, er möchte jubeln, weil sie ihm so vertraut, mit ihrem Leben, wenn man es recht bedenkt. Darum sagt er nichts von Kapitulation und von Deutschland, er packt plötzlich ihr Gesicht mit beiden Händen. Vielleicht ein bisschen grob, er hat es vorher noch nie geübt.

Dann presst er seine Lippen auf ihre Lippen, wie er es im Kino gesehen hat, so hat Carl Raddatz es doch gemacht bei Kristina Söderbaum, ist noch gar nicht so lange her, der Film, »Opfergang«. Genau so muss man es also machen, jetzt müsste sie ihre Lippen öffnen, sie müsste …

Aber das Mädchen reißt sich los, macht einen Satz zurück, starrt ihn erschrocken an. »Schorsch!«

Der Mond ist längst hinter der Wolke verschwunden, der Junge kann nicht sehen, wie ihr das Blut ins Gesicht schießt, sie sieht es nicht bei ihm.

Sie läuft ein paar Schritte, dann bleibt sie stehen.

Ich habe dich in der Hand, Marie!, denkt er trotzig. Feindpropaganda! Darauf steht der Tod. Standrechtliche Erschießung, dann würde sie ja sehen, ob sie so mit ihm umgehen kann. Vor ihm weglaufen, mitten im Kuss!

Und der Junge schämt sich, wie er sich niemals geschämt hat. Wie soll er ihr morgen wiederbegegnen, was soll er tun, wenn er sie mit ihren Freundinnen tuscheln sieht, er hat sich zum Hanswurst gemacht, als er sie geküsst hat, nicht nur vor ihr. Auch sich selbst kommt er plötzlich vor wie ein dummes Kind, sie hat ihn zurückgestoßen, etwas Demütigenderes kann einem fünfzehnjährigen Mann nicht passieren.

»Schorsch!« Sie steht noch immer, wo sie eben stehen geblieben ist. »Ich muss jetzt gehen!«, flüstert sie. Dann streckt sie ihm plötzlich ihre Hand entgegen, zieht sie sofort erschrocken wieder zurück. »Sie machen sich sonst Sorgen daheim!« Dann fängt sie an zu laufen.

Er sieht ihr nach. Er versteht nicht. Vor dem Laden nebenan dreht sie sich um, hebt die Hand, winkt ihm noch einmal zu, bevor sie im Haus verschwindet.

Der Mond schiebt sich hinter seiner Wolke hervor, fast schon Maimond. Der Junge weiß nicht, wie er nach Hause gekommen ist, Schorsch. Er hat nicht geahnt, dass man so glücklich sein kann.

Da scheint die Welt ihm für einen langen Augenblick heil.

2. DER HINTERGRUND

Dabei: Heil ist die Welt ja schon seit Jahren nicht mehr. Fast sechs Jahre ist es jetzt her, da sind die deutschen Truppen in Polen einmarschiert, haben es in wenigen Tagen überrannt, haben auch halb Frankreich besetzt, die Niederlande, Dänemark – ach, fast ganz Europa. Sogar Nordafrika war eine Weile ihrs gewesen!

Deutschland! Der Führer hatte es ja gesagt, *Heil Hitler!,* der Führer hatte Deutschland zum Herrscher über alle anderen gemacht, sie zitterten vor ihm, die demokratischen Schlappschwänze überall. Und hatte dann auch noch begonnen, Land im Osten zu erobern, Land für den arischen deutschen Bauern, der dort siedeln sollte; gegen die Untermenschen in Russland würde der Sieg leichtfallen.

Aber leichtgefallen war er nicht, der Sieg, gefallen waren stattdessen viele Tausend Soldaten. Die Kälte des russischen Winters, Hunger, obwohl sie doch geplündert und gebrandschatzt hatten, wo immer sie hinkamen; die Zähigkeit der Menschen in den russischen Weiten, die Untermenschen waren nicht zu besiegen gewesen.

Und weil die ganze Welt sich gegen Deutschland verschworen hatte – vom jüdischen Großkapital bezahlt und gelenkt! –, waren zum Schluss auch noch die Amerikaner im Reich eingefallen, gemeinsam mit den Engländern waren sie im vergangenen Sommer in der Normandie gelandet, und seitdem nahmen sie Deutschland in die Zange: von Osten die Russen, von Westen Amerikaner und Tommys. Längst war heilige deutsche Erde in ihrer Hand. Aber das deutsche Volk würde nicht aufgeben, Kampf bis zum letzten Mann, das hatte der Führer befohlen; auch wenn der letzte Mann inzwischen häufig nicht älter als fünfzehn und nicht jünger als siebzig war. Aber sie alle verteidigten die heilige deutsche Erde, und am Ende würde der Sieg ihrer sein. Sieg Heil! Hieß es nicht, der Führer hätte eine Geheimwaffe?

Was spielt es da für eine Rolle, dass die Amerikaner schon so nah sind, dass man manchmal das Geschützfeuer hören kann. Der Junge hat keine Angst. Der Junge will an den Endsieg glauben.

Und im Augenblick, natürlich, denkt er ohnehin an ganz etwas anderes.

Großhadern, 27. April 1945, abends

3. GUSTL

Und der zweite Junge: Gustl. Liegt auf seinem Feldbett, kann nicht schlafen. Um ihn herum Husten, Seufzen, Schnarchen. Alte Männer schnarchen fürchterlich, sie alle schnarchen so laut, dass Schlaf unmöglich ist. Manche sind älter als sechzig, der Alois neben ihm behauptet, er hat schon seinen Siebzigsten gefeiert.

Aber die Gemeinschaft! Sie alle zusammen, sie sind der Werwolf! Soll der Feind doch kommen. Noch hinter den Linien werden sie ihn angreifen, wo immer sie ihn treffen, keine Sekunde soll er Ruhe haben, sie erobern die Heimat zurück. Sie sind die Letzten, auf die der Führer noch zählen kann. Kämpfen im Untergrund! Sabotage! Und wo es nötig ist, stoppen sie auch die Welle des Verrats durch deutsche Volksgenossen. Da werden Tode sich nicht vermeiden lassen.

»Hass ist unser Gebet, und Rache ist unser Feldgeschrei!«, das hat ihnen Reichsminister Goebbels höchstpersönlich als Losung mit auf den Weg gegeben. Gustl wird sich ihrer würdig erweisen.

»Junge!«, hat die Mutter gefleht. »Du gehst nicht! Nicht dahin, nicht zu diesen Werwölfen, nicht …«

Aber er hat sein Bündel gepackt, sie nicht einmal

angesehen hat er, sie wird ihn nicht aufhalten können. Eine Schande ist sie, eine Schande war auch sein Vater, der jetzt irgendwo bei Stalingrad vermisst ist. *Vermisst!*, nicht einmal den Heldentod sterben konnte er.

Immer hat Gustl mit der Schande des Vaters gelebt. War in Auch-Da gewesen, im KZ Dachau, sein Vater, war ein Roter gewesen, das sühnt man auch nicht als Soldat. Und Gustl hat Scham gespürt, immer schon, seit er ein Pimpf geworden war und die Uniform der Hitlerjugend tragen durfte, das braune Hemd, die schwarze Hose, Koppel und Armbinde. Wollte beweisen, dass er nicht war wie der Vater, war darum im Jungvolk einer der Zähesten, war HJ-Führer geworden, hat getan, was er konnte, um die Schande der Eltern vergessen zu machen. Für sich selbst – den anderen war es ja gleich. Waren so viele Rote in Penzberg, Rote und Sozen, und so viele Verräter-Kinder wie er. Aber er selbst, er selbst … Die Schande muss ausgelöscht werden.

Gustl glaubt an den Führer. Gustl glaubt an das Deutsche Reich, die arische Rasse. An den Endsieg glaubt er auch, oder vielleicht nicht mehr so ganz, aber das macht nichts, weil es jetzt sie ja gibt: das Freikorps Adolf Hitler, die Werwölfe, zusammengeschlossen, um auch hinter den Linien des Feindes Sabotage zu verüben, im eroberten Gebiet im Geheimen zu kämpfen für den Führer, auch wenn alles schon verloren scheint. Dann wird es strahlend wiederauferstehen, das Reich, und er wird sein Teil dazu beigetragen haben, die Schuld und Schande der Eltern gesühnt.

Darum hat er sich gemeldet, sofort, zur Gruppe Hans. Hundert Mann sind sie jetzt, er vielleicht einer der Jüngsten, jünger als fünfzehn ist keiner. Und die Ältesten sechzig oder siebzig, alles dazwischen ist ja an der Front oder gefallen. Manche sind auch beim Volkssturm jetzt. Aber sie hier, sie sind der Werwolf, sie sind die Gruppe Hans, sie werden auch dann noch kämpfen, wenn die anderen alles verloren glauben. Er gehört dazu. Sein Leben für den Führer. Sein Leben für den Sieg.

Penzberg, 28. April 1945, 6.00 Uhr morgens

4. SEBASTIAN REITHOFER, MARIE

»Dreh leiser!«, zischt der Vater, als er in die Küche kommt, das Gesicht noch rot vom kalten Wasser. Er noch im Unterhemd, Hosenträger halten die Hose, das Hemd trägt er in der Hand. »Ja, bist denn wahnsinnig geworden, Frau? Feindsender hören, so laut, dass die Nachbarn gleich mithören? Noch sind die Amerikaner nicht hier!«

Mit einem Satz ist er am Volksempfänger, dreht am Lautstärkeknopf. Wie kommt die Frau dazu? Sonst ist immer er es gewesen, der Feindsender eingeschaltet hat, nachts, immer in großer Angst, BBC. Man muss doch wissen, was ist, den Eigenen glaubt er schon lange nicht mehr. Aber man darf sich nicht erwischen lassen dabei, darauf steht der Tod, steht mindestens Dachau, und sie sind ja wie die tollwütigen Hunde jetzt, die Büttel des Führers; ahnen doch, was kommen muss, wer weiß, was sie in ihrer Angst und Verzweiflung noch tun werden. Ihn sollen sie nicht noch in den Abgrund reißen, so kurz bevor er endlich zu Ende sein wird, dieser wahnsinnige Krieg, nicht ihn und seine Familie auch nicht, wie kann die Frau so unvorsichtig sein?

Aber sie steht schon neben ihm, schüttelt den

Kopf, zeigt auf das Gerät. »Das sind doch die Unseren!«, flüstert sie jetzt auch. »Schau, Sebastian, das ist doch Erding! Unser Sender ist das!«

Und jetzt sieht er es auch. Sieht, wo der Zeiger auf der Radioskala steht, und spürt auf einmal einen Jubel aufsteigen in seiner Brust. Der Reichssender München! Der noch bis gestern Nacht die Stimme des Führers war! Und sendet jetzt dies!

»Achtung, Achtung! Hier spricht die Freiheitsaktion Bayern! Die Freiheitsaktion Bayern hat heute Nacht die Regierungsgewalt erstritten! Arbeiter, schützt eure Betriebe gegen Sabotage durch die Nazis! Sichert Arbeit und Brot für die Zukunft! Die Alliierten stehen vor den Toren unserer Städte!«

»Der Krieg ist zu Ende!«, flüstert er, weiß selbst nicht, warum er jetzt immer noch flüstert, »der Krieg ist endlich zu Ende, Frau!«

Marie lehnt in der Tür. Weiße Betttücher!, denkt sie. Aus dem Fenster hängen!

Wie die Amerikaner wohl sein werden? Es soll sogar Schwarze geben unter ihren Soldaten! Was werden sie machen mit ihnen allen hier in Penzberg, werden sie alle erschießen, wenn ihre Panzer einrollen, oder nur einige? Wen werden sie erschießen, erhängen, nur alle Gefolgsleute des Führers? Sind ja nicht so viele in ihrer roten Stadt wie anderswo, aber sind immer noch genug, müssen sie alle jetzt büßen? Und was ist mit den Jungen, HJ und BDM, mit ihr – und Schorsch?

Der Krieg ist zu Ende! Der Schorsch, was er gestern Abend versucht hat … Schon wieder steigt ihr das Blut ins Gesicht. Jetzt, jetzt wird alles gut. Jetzt wird es keine Verdunkelung mehr geben, abends, jetzt werden sie sich bei Licht treffen können, in den Straßen, auf den Plätzen, überall!, werden auch nicht mehr fürchten müssen, dass auf einmal ein Bomber kommt, der seine Last über der Stadt abwirft wie schon einmal. Alles wird jetzt gut.

Der Krieg ist zu Ende, und Marie denkt an Schorsch. Dann klopft jemand an die Tür.

»Der Rummer …«, sagt er. Ist einer von ihnen. »Wastl, du sollst kommen!«

»Sag ihm, ich bin gleich da!«, ruft der Vater. »Zieh mir nur noch den Janker an!«

Die Mutter sieht auf einmal ängstlich aus. »Der Rummer!«, murmelt sie. Vielleicht traut sie dem Radio doch nicht so ganz? Der Rummer war ja der Bürgermeister, früher, bevor der braune Spuk begann und sie ihn entlassen haben, nach Dachau geschickt, wie viele andere. »Macht jetzt keine Dummheiten, Wastl, sei vorsichtig! Sei nicht leichtfertig, Wastl! Wartet noch, bis die Amerikaner wirklich hier sind!«

Aber der Vater winkt ab. »Dann ist es zu spät!«, sagt er, hat sich schon den Janker zugeknöpft. »Wir müssen zum Bergwerk, was wird sonst aus der Stadt? Wir müssen den Nero-Befehl verhindern, Frau!«

Marie sieht ihm nach, kraust die Stirn. Der Nero-Befehl. Sie versucht sich zu erinnern, was das war.

5. HANS RUMMER

Warum waren sie nicht misstrauischer an diesem Morgen? Wäre Rummer nicht so leichtgläubig gewesen. Wären sie alle nicht so leichtgläubig gewesen.

Aber sie waren müde nach sechs Jahren Krieg. Sie waren erschöpft, sie brauchten so dringend endlich eine gute Nachricht, mehr als nur eine unsichere Hoffnung. Und dass das Ende bevorstand, konnte doch niemand mehr bezweifeln. Im Osten die Rote Armee, schon in Berlin, nur fünfzehn Kilometer vor ihrer Haustür die Amerikaner: Wer sollte da nicht leichtgläubig sein.

Gemeinsam mit seiner Frau hört der frühere Bürgermeister die Nachrichten auch. »Das Reich hat kapituliert!«, sagt er. Seine Stimme zittert, er hat so vieles erlebt, ist ja schon über sechzig, so vieles, dass er sich in fast jeder Situation zwingen kann, ruhig zu bleiben. Er weiß, wie wichtig es ist, nachzudenken, bevor man etwas tut. Nicht gleich zu jubeln.

Aber jetzt ist er ungeduldig. Jetzt ist die Zeit, zu handeln.

»Bist du dir sicher, Hans?«, fragt die Frau. »Kann das nicht auch eine Falle sein?«

Er gibt ihr einen Kuss auf die Stirn. »Warum sollten die Braunen so eine Falle stellen?«, fragt er. »Das macht doch keinen Sinn, Anny! Nein, der Reichssender ist in der Hand der freiheitlichen Kräfte! Du verstehst, was das heißt? München ist gefallen! Und wir müssen jetzt handeln, bevor die Hitleristen das Bergwerk fluten! Ist doch unsere Lebensader, Anny! Der Satan darf hier nicht doch noch siegen, jetzt, wo alles vorbei ist!«

»Der Nero-Befehl?«, fragt die Frau. Rummer nickt. Der Führer, der nicht *sein* Führer ist und es niemals war, hat den Befehl ausgegeben, dass nichts, gar nichts!, in die Hand des Feindes fallen darf, wo auch immer er einmarschiert. *Zerstört die Straßen, damit er nicht vorwärtskommt mit seinen Panzern! Zerstört alle Fabriken, macht alle Maschinen unbrauchbar!* Wo immer der Feind einmarschiert ins

Deutsche Reich, soll er nichts haben von deutschen Maschinen, deutschen Fabriken, deutschen Bergwerken. *Verbrannte Erde!* Das ist der letzte Auftrag des Führers an sein Volk: *Überlasst nichts dem Feind! Zerstört alles, was dem Feind nützen könnte!*

»Und was wird dann aus uns?«, hatte Anny gefragt, als der Befehl über den Volksempfänger in ihre Küche gekommen war. Der Nero-Befehl. »Wenn wir alles zerstören? Wovon sollen wir dann leben, nach dem Krieg?«

Aber das darf man nicht fragen, nicht laut, das wissen sie beide. Wehrkraftzersetzung, darauf steht der Tod. An ein Deutschland nach dem Krieg, besiegt vom Feind, darf man nicht glauben, davon sprechen noch weniger. Das durfte nur der Führer mit seinem Befehl.

Das deutsche Volk, das sich hat besiegen lassen, hat es nicht besser verdient!, auch das hat der Führer gesagt. Aber nicht laut. Nicht über den Volksempfänger. Ein Volk, das sich besiegen lässt, hat es nicht besser verdient. Da kennt er kein Mitleid. Da kennt er nur Verachtung. Ein Volk, das sich besiegen lässt, ist nicht mehr länger sein deutsches Volk. Soll es doch untergehen. Sollen sie doch verhungern alle und erfrieren, Schlappschwänze, Versager.

Sie haben sich seiner nicht würdig erwiesen. *Das* ist die Tragödie.

»Wir müssen zum Bergwerk!«, sagt Rummer. »Nicht, dass sie es noch im letzten Moment fluten! Gibt doch genug, die noch den Führerbefehlen gehorchen. Und was wird dann aus der Stadt? Das Bergwerk ist Penzbergs Leben, Anny! War es schon immer. Ich lass dem Reithofer Bescheid geben.«

So ist es entschieden.

6. POLIZEIMEISTER LAHNER, SCHORSCH

»Du kannst mitkommen!«, sagt der Vater. Es ist keine Erlaubnis, es ist ein Befehl. Er schnallt das Koppel um, streicht sich vor dem Spiegel über die Haare, bevor er die Mütze aufsetzt, den Schirm zurechtrückt. Polizeimeister Lahner.

Schorsch greift nach der Tasche, nimmt auch den Henkelmann.

»Da tut sich was«, sagt der Vater. Er sieht beunruhigt aus. Auch er hat Radio gehört, hört ja jeder, ist ja der Reichssender, über den der Führer zu seinem Volk spricht; aber immerzu nur *Frontverkürzung* in der letzten Zeit, *Frontbegradigung*. Jeder weiß, was das heißt, keiner spricht es aus, die Angst ist zu groß. Aber heute Morgen, wer war das? »Achtung, Achtung! Alle Bürgermeister aus der Zeit vor 1933 sind aufgefordert, die Ordnungsmacht in den Rathäusern wieder zu übernehmen!« Freiheitsaktion Bayern. Kann man das glauben? Was bedeutet das? Ist der Feind also schon in München, wann ist der Feind bei ihnen in Penzberg?

Und was wird er machen mit ihnen, was mit einem Polizeimeister, der dem Reich treu gedient hat? Als der Reichssender noch der Reichssender war, wie es sich gehört, hat er immer wieder gewarnt, was den Deutschen geschehen würde, wenn der Feind erst einmarschiert. *Der Feind wird furchtbar sein! Der Feind ist grausam und gnadenlos!*

Was werden die Amerikaner nun wirklich mit ihnen machen? Der Sieger straft den Besiegten, das war schon immer so. Aber was wird die Strafe sein?

Er ist Polizeimeister. Er muss sehen, was er an Akten auf der Wache hat. Vielleicht ist es nötig, etwas verschwinden zu lassen. Vielleicht kann der Schorsch ihm helfen. Vielleicht ist noch Zeit.

Natürlich tut ein guter Deutscher so etwas nicht, nicht in normalen Zeiten. Ein guter Deutscher erfüllt immer seine Pflicht. Seine Pflicht kann niemals sein, Akten verschwinden zu lassen.

»Vater?«, sagt Schorsch. »Schau mal, der Rummer!«

Auf der anderen Straßenseite gehen der Rummer und Metzgermeister Reithofer, jetzt stößt auch der März noch dazu, der Kommunist. In Richtung Bergwerk gehen sie, eilig. Was haben sie vor?

Alle Bürgermeister aus der Zeit vor 1933 sind aufgefordert, die Ordnungsmacht in den Rathäusern wieder zu übernehmen! Also ist es wahr.

Polizeimeister Lahner merkt, wie die Angst in ihm wächst. Heute Morgen die Nachricht im Rundfunk, jetzt diese drei. Der ehemalige Bürgermeister mit seinen Kumpanen. Das kann nichts Gutes bedeuten.

»Komm mit, Bub!«, sagt er. Er muss sich um die Akten kümmern.

7. HANS RUMMER, SEBASTIAN REITHOFER, DR. LUDWIG, LUDWIG MÄRZ

»Und Sie sagen mir dafür zu, dass Sie für Ruhe in der Bevölkerung sorgen, wenn die Amerikaner kommen?«, fragt Bergwerksdirektor Dr. Ludwig. Sie mussten ihn erst von zu Hause rufen lassen, seine

Hände zittern. »Dann tu ich, als hätte ich nichts von einem Sprengungsbefehl gehört. Dann lass ich die Stollen nicht fluten.«

Er sagt nicht: *Wird ja sowieso nicht mehr lange gehen, das hier alles. Und wer weiß, ob es mir hinterher bei den Amerikanern nicht sogar nützt, wenn ich den Befehl verweigert habe.* So mutig ist er nicht.

»Das ist recht, Herr Doktor!«, sagt Rummer. »Und die Frühschicht lassen Sie auch wieder ausfahren, wer weiß, ob nicht doch noch so ein Wahnsinniger den Führerbefehl befolgen will! Und sprengt, während die Männer unten sind! Der Werwolf, was weiß ich. Lassen Sie die Frühschicht wieder ausfahren.«

Der Direktor nickt, gibt ein Zeichen. Gleich werden die Körbe wieder nach oben fahren aus achthundert Metern Tiefe, die Körbe mit den Männern der Frühschicht, die nun heute nicht arbeiten werden. Sie strömen nach Hause, füllen die Straßen, ungewohnt um diese Zeit.

»Wir haben schon überlegt, Herr Doktor«, sagt Rummer, »der Reithofer, der März und ich. Wird alles ganz ruhig ablaufen. Wir machen eine Versammlung, heute Nachmittag schon. Die Leute von Penzberg werden dann alle erfahren, dass Sie das Bergwerk gerettet haben. Penzberg wird leben! Vergelt's Gott, Herr Doktor!«

»Mhm«, murmelt der. Seine Hände zittern immer noch. Noch sind die Amerikaner nicht da.

»Und wir müssen jetzt zu den Gefangenen!«, sagt Rummer, gibt Reithofer und März ein Zeichen. »Franzosenlager, Russenlager. Nicht, dass da in diesen letzten Stunden was passiert. Dass die armen Kerle hingerichtet werden, jetzt zum Schluss. Waren doch alle gute Bergleute, Herr Doktor.«

»Sie können den Bergwerkswagen nehmen, um hinzukommen«, sagt Dr. Ludwig. Vielleicht nützt ihm all das wirklich, wenn die Amerikaner erst da sind? »Kommen Sie, hier sind die Schlüssel.«

8. MARIE

»Jesus und Maria!«, sagt die Mutter. »Marie, hol den Vater! Was muss er sich immer einmischen in die Politik? Hat ihm noch nie was Gutes gebracht, und jetzt dauert es doch nicht mehr lang! Ich muss den Laden öffnen, Marie, soll ich allein im Laden stehen? Hol den Vater!«

Marie nickt. Sagt nicht, dass stattdessen ja auch sie im Laden stehen kann, hat Angst gehabt, dass die Mutter genau das vorschlagen wird. Dabei muss sie doch nach draußen! Muss sehen, was der Schorsch jetzt tut, was war das mit ihnen gestern Abend? Wie im Kino. Sie streicht über ihren Rock und öffnet die Ladentür.

Warum ist sie weggelaufen? Der Schreck, denkt sie, schon auf der Straße. Das ahnt man doch nicht, dass das Leben genau so sein kann. Genau wie im Film. Und sie war so überrascht, ja, das war sie.

Oder ist es immer noch wegen dem Gustl? Der Gustl und sie, bei der letzten Sammlung fürs Winterhilfswerk, HJ und BDM zusammen; der Gustl sah so stattlich aus, ist groß für fünfzehn, und dann mit der Führerschnur an seiner HJ-Uniform. Und alle mussten ihm gehorchen.

Der Gustl hat sie angesehen, da hat sie auch schon gedacht … Aber geküsst hat er sie nicht, und ansehen kann alles bedeuten. Und der Schorsch, der hat gewagt, was sie sich niemals hat vorstellen können, doch nicht mit vierzehn, doch nicht als deutsches Mädel. So fesch wie der Gustl ist der Schorsch nicht, aber jetzt schlägt ihr Herz, wenn sie an ihn denkt.

Und als sie aus dem Laden tritt, sieht sie ihn. Da geht der Schorsch mit seinem Vater, schnell gehen sie, haben es eilig, verschwinden in der Wache im Rathaus. Jetzt weiß sie, wo er ist.

Einen Augenblick bleibt Marie unter dem Fenster stehen. Würde ihr eine Ausrede einfallen, würde sie hineingehen. Aber ihr fällt keine Ausrede ein.

Marie seufzt. Und eigentlich soll sie ja sowieso den Vater holen.

9. DAS 22. WERFER-REGIMENT UND HAUPTMANN BENTROTT

Die Soldaten, die in die Stadt einmarschieren, tragen keine amerikanischen Uniformen. Wehrmachtsuniform unter erschöpften Gesichtern, unsicher, was werden soll, innerlich längst erstarrt. Ist der Krieg jetzt zu Ende? Wird er es heute sein, morgen erst, was wird dann aus ihnen? Kämpfen bis zum letzten Mann, Führer und Reich verteidigen, hinter ihnen nur verbrannte Erde. Was geht vor in ihren müden Köpfen?

Sie denken nicht, marschieren nur. Sind dankbar, dass sie in der Heimat sind, nicht an der Front, auch wenn die Heimat, wer weiß!, vielleicht noch heute die Front sein wird. Sie denken nicht, gehorchen nur. Was sollten sie sonst wohl auch tun.

Und fragen sich nicht einmal, warum so viele Menschen unterwegs sind in der Stadt am frühen Morgen, strömen alle in eine Richtung, werfen ihnen dabei Blicke zu. Was sind das für Blicke? Gleichgültig, voller Mitleid, lächelt da einer, und warum? Oder gucken sie feindselig vielleicht?

Die Soldaten denken nicht darüber nach, fragen sich schon lange nichts mehr, tun, was der Hauptmann befiehlt, sind dankbar, dass sie in der Heimat sind, warten auf das Ende.

Der sie anführt, ist Hauptmann Bentrott.

10. HANS RUMMER, SEBASTIAN REITHOFER

»Ihr seid unvorsichtig!«, zischt Michael Boos. »Verdammt, Hans, kannst du nicht noch ein paar Stunden warten? Ein paar Tage doch höchstens noch!«

»Darum geht es doch gerade, Michael!«, sagt der ehemalige Bürgermeister. »Du kennst den Nero-Befehl! Ich will nicht, dass die Kriegsgefangenen hier alle noch hingerichtet werden zum Schluss! Ist ihnen schlecht genug gegangen! Und was wäre aus dem Bergwerk geworden ohne sie? Wer hat da geschuftet für uns in den letzten Jahren, als alle Männer an der Front waren? Vergiss nicht, das sind jetzt die letzten Stunden! Die werden noch alle tollwütig werden in ihrem Zorn und ihrer Angst, die Hitleristen, glaub mir! Ich verlass mich auf dich, Michael, du bist der Lagerkommandant, aber du bist auch einer von uns!«

Boos sieht unruhig aus. »Wie soll ich die Wehrmacht stoppen?«, fragt er. »Und wie kannst du denen so einfach trauen, dieser Freiheitsaktion? Was ist, wenn das ein Täuschungsmanöver war? Wenn die Amerikaner doch länger brauchen? Was ist …«

»Michael!«, sagt Rummer. »Ich hab keine Zeit mehr! Ich muss aufs Rathaus! Ich verlass mich auf dich!«

Dann springt er wieder in den Wagen des Bergwerksdirektors.

Die werden noch alle tollwütig werden in ihrem Zorn und ihrer Angst. Er hat es doch gewusst. Hat trotzdem getan, wovon er glaubte, es tun zu müssen.

Natürlich, er hat auch gehofft.

11. SCHORSCH, MARIE

Der Vater öffnet die Aktenschränke, so wirr hat Schorsch ihn noch nie erlebt. Warum musste er mitkommen auf die Wache? Wobei soll er helfen?

Er geht ans Fenster. Vom Bergwerk her strömen Männer zurück in die Stadt, Bergleute, ist das die

Frühschicht? Warum sind sie nicht unten im Stollen, warum arbeiten sie nicht?

Dann entdeckt er Marie unter dem Fenster. Sie sieht noch einmal kurz hoch, als ob sie zweifelt, dann wendet sie sich ab und geht zögernd in die Richtung, aus der die Bergleute kommen.

»Marie!«, ruft Schorsch. »Warte, Marie!«

Aber bei geschlossenem Fenster kann sie ihn nicht hören.

Er springt zur Tür.

»Schorsch!«, ruft der Vater. »Wo willst du hin!«

Aber Schorsch ist schon draußen, hat doch sowieso nicht gewusst, warum er den Vater begleiten sollte, sonst gehorcht er ihm immer. »Marie!«

Jetzt hat sie ihn gehört. Sie bleibt stehen. »Schorsch!«, sagt sie überrascht.

Wird sie wirklich rot, oder wünscht er sich das nur? Jetzt nur nicht wieder einen Fehler machen. Ihr nicht zu nah kommen, nicht zu früh. Nichts Falsches sagen.

»Vielleicht hast du recht gehabt mit den Betttüchern gestern!«, sagt er. Wie dumm! So etwas sagt man doch nicht, wenn vor einem das Mädchen steht, bei dessen Anblick alles andere unwichtig wird! Aber was sagt man dann?

Marie nickt. Vielleicht war es doch nicht ganz so

falsch? »Mein Vater ist mit dem Rummer los!«, sagt sie. »Ich glaub, zum Bergwerk!« Sie zeigt auf die Männer mit ihren Henkelmännern. »Hast du den Reichssender gehört, vorhin?«

Schorsch nickt. Wenn es hier Vorgärten gäbe! Oder wenn am Straßenrand wilde Blumen wachsen würden! Einfach eine Blume pflücken, ihr geben, gar nichts sagen. Aber das gibt es wohl nur im Kino.

Wenn er bloß gestern nicht so dumm gewesen wäre! Dann könnte er jetzt zu ihr gehen, ganz vorsichtig den Arm um sie legen vielleicht. Jetzt wahrt er lieber den Abstand.

»Gehen wir ein bisschen spazieren?«, fragt er, spürt, wie ihm das Blut ins Gesicht schießt.

Das war zu mutig, kann sein, aber irgendetwas muss er doch tun. »Fort von hier, wo grad ein solches Durcheinander ist?«

Marie sieht ihn an. Natürlich weiß sie, dass es mit dem Durcheinander gar nichts zu tun hat. Aber sie mag auch nicht mehr warten.

»Nur kurz, gell«, sagt sie. »Ich soll meinen Vater holen.«

Schorsch nickt. »Nur kurz«, sagt er.

Auf der Straße zieht weiter die Frühschicht an ihnen vorbei.

Großhadern, 28. April 1945, 8.00 Uhr

12. GUSTL

Sie haben exerziert wie an jedem Morgen: hundert Männer. Mit steifen Knien die Alten, voller Sehnsucht danach, endlich loszuschlagen, die Jungen. Ohne Uniform sind sie angetreten, in ledernen Hosen einige, die Jungen im braunen Hemd der HJ; manche Hose ist geflickt, manche Jacke zu weit, jetzt, nach so vielen Jahren Krieg. Aber sie brauchen keine Uniform, sie sind der Werwolf. Der Wille zum Kampf ist ihr Stolz.

»Geh, Bub, sind doch eh nicht genügend Waffen da!«, sagt der Alois und boxt Gustl in die Seite. »Streng dich nicht so an! Wennst eine Waffe bekommst, wirst schon wissen, was du tun musst!«

Gustl sieht ihn böse an. Warum hat der Alte sich denn überhaupt gemeldet, wenn er jetzt so spricht? Dem Gustl geht es um seine Ehre.

Leit-Wolf Hans ist heute Morgen zum Gauleiter gefahren, haben sie gehört, Rudelführer Hans Zöberlein. Ins Zentralministerium. Da kommt was auf sie zu, das spürt Gustl. Warum ist der Zöberlein sonst unterwegs?

Nicht mehr länger herumsitzen und warten, endlich, endlich losschlagen! *Hass ist unser Gebet, und Rache ist unser Feldgeschrei!* Sie sind der Werwolf.

Wohin der Zöberlein sie wohl führen wird? Wo wird der Werwolf heute gebraucht? Und er doch gewiss, er vor allem, er ist stark, er ist jung. Was will der Alois wohl ausrichten.

Und danach dann irgendwann, nach dem Endsieg, kehren sie siegreich zurück, jeder in seine Heimatstadt und er nach Penzberg. Dann ist die Schande der Eltern gesühnt, dann ist er endlich frei.

Gustl verbietet sich zu lächeln. Dann wird Marie ihn empfangen als ihren Helden. Dann endlich kann er Marie gestehen, was er fühlt. Die Schande der Eltern gesühnt und er endlich frei.

»Träumst, Bub?«, fragt der Alois.

Gustl schüttelt den Gedanken ab. Gerade spürt er beinahe ein Glücksgefühl, alles wird gut. Marie. Und die gerettete Ehre.

Penzberg, 28. April 1945, 8.00 Uhr

13. BÜRGERMEISTER VONWERDEN, HANS RUMMER, SEBASTIAN REITHOFER, LUDWIG MÄRZ

»Geben Sie mir die Schlüssel, Vonwerden!«, sagt Hans Rummer. Sein Ton ist ruhig. »Sie sind nicht mehr der Bürgermeister. Sie wissen es doch auch aus dem Radio. Ich übernehme jetzt wieder den Posten, kommissarisch. Bis ein neuer Bürgermeister gewählt ist.« Er streckt die Hand aus, aber Vonwerden tritt einen Schritt zurück, stößt dabei mit dem Oberschenkel gegen die Platte seines Schreibtischs.

Auch im Bürgermeisterzimmer steht ein Volksempfänger, Vonwerden hat gehört, was alle gehört haben. Er muss sich zusammenreißen jetzt, nichts Falsches tun. Nichts Falsches sagen. Kann das denn sein? Freiheitsaktion Bayern? Und die Amerikaner fast vor den Toren!

Die Stadt muss verteidigt werden, bis zum letzten Mann! *Seine* Stadt. Was soll sonst werden aus ihm? Er kann dem Rummer nicht die Schlüssel geben!

»Mit welchem Recht …«, sagt er. Er versucht sich hoch aufzurichten, mit der Autorität zu sprechen, die dem Bürgermeister zukommt, und kann doch nicht verhindern, dass seine Stimme kippt. »*Ich* bin der

Bürgermeister dieser Stadt! Mit welchem Recht verlangt ihr den Schlüssel? Mit welchem Recht soll ich abgesetzt werden?«

Noch immer ist Rummers Stimme ruhig. »Geben Sie mir den Rathausschlüssel, Vonwerden!«, sagt er. »Mit welchem Recht wurde denn ich damals abgesetzt, 33, als ihr an die Macht gekommen seid? Mit welchem Recht nach Dachau gebracht, ins KZ, der gewählte Bürgermeister?« Er sieht Vonwerden abwartend an. »Sie dagegen können gehen, Vonwerden, als freier Mann können Sie dieses Rathaus verlassen. Niemand wird Ihnen ein Haar krümmen, dafür werde ich sorgen. Wir wollen den Frieden und ein gerechtes Deutschland nicht gleich mit einem Unrecht beginnen.«

Nun tritt Rummer doch einen Schritt näher an den Bürgermeister heran. »Geben Sie mir die Schlüssel, Vonwerden. Ihnen wird nichts geschehen. Sie haben mein Wort.«

Von rechts sieht Reithofer Vonwerden an, von links März, der Kommunist.

Was um Himmels willen soll er tun? Er weiß doch nicht, was im Land als Nächstes geschehen wird! Wie soll er da wissen, was richtig ist – und was gut für ihn? Nur darum geht es jetzt. Wenn die Amerikaner kommen. Wenn sie schon in München sind. Wenn stimmt, was diese Freiheitsaktion Bayern behauptet …

Er legt die Schlüssel in Rummers ausgestreckte Hand und wendet sich zum Gehen.

»Ihnen wird nichts geschehen!«, ruft Rummer ihm nach. »Sie haben mein Wort!«

14. SCHORSCH, MARIE

Er hat es nicht gewagt, gar nichts hat er gewagt. Fast niemand in den Seitenstraßen außer ihnen, alles hätte er doch tun können, ohne dass irgendwer sie gesehen hätte. Und er hat sie nicht einmal bei der Hand gefasst. Hat ihr nicht den Arm um die Schulter gelegt, im Gehen, nicht einmal in die Augen gesehen hat er ihr. Aber er wollte nicht wieder einen Fehler machen, nicht wie gestern Abend. So haben sie nur geredet.

»Wenn es jetzt wirklich zu Ende ist!«, hat Marie gesagt. »Weißt, Schorsch? Dann gibt es keine Verdunkelung mehr zur Nacht! Hast mal darüber nachgedacht? Dann können wir …«

Hat sie *wir* gesagt?

»Wer weiß, was kommt, wenn der Amerikaner da ist!«, sagt er. Vor ihnen liegt schon wieder das

Rathaus. »Verdunkelung, da hast gewiss recht, die braucht's ja dann nicht mehr. Kommen ja keine Bomber mehr in der Dunkelheit, die ein Ziel suchen! Aber Ausgangssperre kann sein! Schau, gewiss haben die Amerikaner doch Angst vor uns! Wenn jeder heraußen sein darf in der Nacht, wer sagt ihnen denn, dass es dann keine Sabotage gibt gegen sie? Der Werwolf, das hat er geschworen! Denk nach, Marie! Ausgangsperre wird's geben!«

»Nicht ewig!«, murmelt Marie. Hat er etwas falsch gemacht? Das hätte er nicht sagen sollen, *Denk nach, Marie!*. Aber er hatte doch recht!

Vielleicht hat sie es schon wieder vergessen? »Da, schau, Schorsch! So viele Menschen vor dem Rathaus! Was wollen die alle da?«

Fast laufen sie jetzt, vor dem Rathaus gibt es einen Menschenauflauf. Bergarbeiter, Frauen mit Einkaufstaschen, Alte, Männer im Anzug: Sie alle warten auf etwas.

Dann öffnet sich im ersten Stock ein Fenster. »Der Rummer!«, ruft Schorsch.

»Penzberger Mitbürger!«, ruft der Rummer. Er hat noch immer eine kräftige Stimme. »Der Krieg ist zu Ende! Es ist Frieden, und niemand muss mehr Angst haben!«

Niemand klatscht. Sie haben ja selbst vorhin den Rundfunk gehört, er sagt doch nur, was sie schon wissen und worauf sie gewartet haben, seit Jahren jetzt schon. Nun ist er da, der Frieden, und niemand klatscht Beifall.

Wie sollten sie auch? So überwältigend war der Wunsch, dass sie an seine Erfüllung nicht glauben können. *Nicht zu früh hoffen, und dann war doch nur alles ein Irrtum!* Ja, wenn erst die Panzer der Amerikaner durch ihre Straßen rollen, dann! Dann glauben sie es wohl. Aber so?

»Das Bergwerk ist gerettet, und ich bin wieder euer Bürgermeister!«, ruft der Rummer. »Ich habe die Schlüssel des Rathauses an mich genommen« – er hebt die Hand, und die Schlüssel klirren gegeneinander –, »und Vonwerden ist abgetreten ohne Widerstand. Ich habe ihm zugesichert, dass ihm nichts geschieht! Penzberger Mitbürger, ich weiß, mancher von euch hat viel erleiden müssen in den tausend Jahren, die jetzt vorbei sind« – irgendwer lacht –, »und trotzdem: Versucht nicht, Rache zu nehmen! Wir wollen nicht sein wie sie, lasst uns das schwören.«

Es gibt ein leises Gemurmel, keine Zustimmung, aber auch keinen Widerspruch.

»Tausendjähriges Reich!«, flüstert Marie. »Was

für ein Hochmut, hat mein Vater immer gesagt! Das waren kurze tausend Jahre von der Machtergreifung bis jetzt!«

Aber Schorsch lacht nicht, sagt auch nicht: »Waren genau zwölf.« Schorsch weiß noch nicht sicher, was er denken und fühlen soll und worüber er vielleicht lachen darf.

»Keine Plünderungen!«, ruft Rummer. »Und lasst den Vonwerden ziehen! Hindert ihn nicht daran! Und ihr, geht nach Hause. Wir hier im Rathaus müssen jetzt vieles erledigen. Aber heute Nachmittag um vier Uhr seid am HJ-Heim, und sagt es auch weiter! Heute Nachmittag um vier wissen wir mehr. Da werden wir alle Fragen beantworten.«

Er sieht noch einmal nach unten in die Menge, ohne zu lächeln, dann zieht er das Fenster zu.

»War ein guter Bürgermeister, der Rummer!«, sagt ein alter Mann neben Marie, dem eben die ganze Zeit die Pfeife kalt zwischen den Lippen hing, zu seiner Frau. Jetzt hält er die Pfeife in der Hand. »Weißt noch, Alte? All die Häuser, die er uns errichtet hat? Und die Fürsorge aufgebaut? Ein Glück, dass der jetzt wieder da oben sitzt!«

»Ich trau dem Frieden erst, wenn die Amerikaner hier sind!«, sagt die Frau neben ihm, die in der Kittelschürze nach draußen gelaufen ist, so eilig hatte sie es. Jetzt hat sie die Arme um sich geschlungen, um sich zu wärmen. »Ich halt mich raus.«

Marie drängt sich nach vorne durch. »Ich muss doch dem Vater sagen, dass er nach Hause kommen soll!«, sagt sie. »Pfiat di, Schorsch. Ich muss ins Rathaus.«

Schorsch nickt. Ehe sie geht, berührt sie noch seinen Arm, ganz leicht. »Um vier Uhr am HJ-Heim?«

»Um vier Uhr am HJ-Heim!«, sagt Schorsch. Auch er muss ins Rathaus. Zurück zu seinem Vater.

15. HAUPTMANN BENTROTT

Er hat bei der Witwe Schneider Quartier genommen, lange werden sie nicht bleiben. Gemeinsam mit Oberstleutnant Ohm soll er seine Männer durch Süddeutschland führen, bis nach Tirol, zur Alpenfestung. Zuletzt haben sie in Frankreich gekämpft. Möge der Himmel ihnen beistehen.

Auf den Straßen sind so viele Menschen unterwegs, als gäbe es eine Prozession. Was tun all diese Menschen da? Wohin gehen sie? Er trägt die Verantwortung für seine Männer: Wird das hier ein Aufstand? Hat sein Regiment etwas zu befürchten, er hat doch auf dem Weg gehört: Penzberg war rot.

Wer weiß, vielleicht sind sie das immer noch, die Penzberger? Haben nur stillgehalten alle, die sie aus der Schutzhaft wieder entlassen haben: die Sozialisten. Die Kommunisten. Auch manch anderer vielleicht. Und jetzt, wo sie glauben, dass die Amerikaner kommen …

In der Küche der Witwe quäkt der Volksempfänger, sie zuckt zusammen, als er hereinkommt. Dann tritt sie erschrocken zur Seite, als wäre verboten, was sie getan hat, gibt den Weg frei zum Gerät.

BBC!, denkt Bentrott. Feindsender! Mein Gott, warum muss sie denn so unvorsichtig sein? Warum muss sie den ausgerechnet jetzt hören, wenn sie doch weiß, dass ich ihr das nicht durchgehen lassen kann?

»Der Reichssender München!«, flüstert da die Witwe. »Sie sagen …«

Bentrott ist schon am Empfänger, dreht lauter.

»Achtung, Achtung!«, sagt eine Stimme, die Bentrott nie zuvor gehört hat. »Hier ist die Freiheitsaktion Bayern! Der Krieg ist zu Ende! Schützt eure …«

Bentrott erstarrt, dann dreht er sich um, ohne die Witwe noch einmal anzusehen, greift sich auf dem Flur seine Mütze.

Freiheitsaktion Bayern! Wer ist das, verdammt?

Den Sender in Erding haben sie eingenommen, sonst könnten sie diese Nachrichten nicht ausstrahlen, das ist klar; aber was haben sie *noch*? Ist München in ihrer Hand? In der der Amerikaner?

Auf der Straße scheint sich der Auflauf jetzt zu zerstreuen, die Menschen gehen in verschiedene Richtungen auseinander. Also kein Aufstand gegen die Truppe? Woher kommen sie alle?

Er muss seine Männer schützen. Er muss wissen, was hier vor sich geht. Er muss zum Rathaus.

Niemand hindert ihn daran, als er zum Bürgermeisterzimmer stürmt, gibt ja Schilder, ist leicht zu finden. Den Bürgermeister sucht er jetzt, der muss ihm erklären, wie die Lage ist.

»Hauptmann Bentrott!«, ruft er, kaum hat er die Tür aufgerissen. Im Raum eine Gruppe von Männern, alle älter, der hinter dem Schreibtisch vielleicht der Bürgermeister. »22. Werfer-Regiment auf dem Weg zur Alpenfestung! Was ist hier los?«

Der Mann hinter dem Schreibtisch steht auf, streckt ihm seine Hand entgegen. »Hans Rummer!«, sagt er. »Willkommen, Hauptmann Bentrott. Sie haben die Nachrichten sicher gehört, wir haben jetzt die Ordnungsmacht im Rathaus übernommen, um Schritte einzuleiten für einen sicheren Frieden! Befürchten Sie nichts für Ihre Männer, gerade haben wir darüber gesprochen. Niemand wird Sie angreifen, keine Sabotage, kein Aufstand. Wir wollen endlich Frieden, und wir wollen ihn für alle. Und mit allen.«

Bentrott zögert, bevor er die Hand ergreift. Der Mann ist alt, aber das sind sie ja selbst im Volkssturm jetzt, beim Werwolf. »Und wer sind Sie?«, fragt er.

»Ich bin der Bürgermeister der Stadt, jetzt wieder!«, sagt der alte Mann. »Ich war der Bürgermeister bis zur Machtergreifung, dann musste ich gehen, nach Dachau zuerst. Und heute musste nun mein Nachfolger gehen, Vonwerden, als freier Mann. Wir halten uns an die Anweisungen der Freiheitsaktion, Hauptmann Bentrott. Lassen Sie uns die Stadt friedlich den Amerikanern übergeben! Gemeinsam! Lassen Sie uns Blutvergießen vermeiden. Es ist doch sowieso vorbei, Hauptmann Bentrott, das wissen wir beide. Lassen Sie uns darum gemeinsam handeln.«

Bentrott sieht ihn nachdenklich an, nickt. »Vielleicht ist es das Beste«, murmelt er. »Lassen Sie mich zu meinen Männern gehen.«

Jetzt lächelt der Alte sogar. »Natürlich, Sie sind doch ein freier Mann, Hauptmann Bentrott!«, sagt er. »Hier hält Sie niemand zurück. Wie ich gesagt habe: Lassen Sie uns die Stadt den Amerikanern übergeben, ohne Blutvergießen. Gemeinsam. Ihre Männer werden Ihnen dankbar sein.«

Auf dem Flur holt Bentrott tief Luft. Was beim Himmel und all seinen Engeln soll er tun? Noch ist das Reich nicht gefallen, noch gelten die Befehle aus Berlin, was ist, wenn er auf diesen Mann hört und wird dann doch noch von der Obersten Heeresleitung zur Rechenschaft gezogen? Er weiß doch, was mit denen passiert ist, die zu früh geglaubt haben, es wäre vorbei. So viele Hinrichtungen hat es niemals vorher gegeben.

Aber was, wenn wirklich noch heute die Amerikaner einmarschieren? Und er hat das Regiment gegen das Rathaus marschieren lassen, den neuen Bürgermeister festgesetzt? Was werden sie dann mit ihm machen?

Er ist schon auf dem Weg nach draußen. Verdammt! Am besten wäre es, seine Männer zu sammeln und einfach weiterzuziehen, weg aus dieser Stadt. Nichts zu tun zu haben mit alldem hier, weiter zur Alpenfestung. An die er doch nicht glauben kann.

Er wird keine Entscheidung treffen. Er *kann* keine Entscheidung treffen. Dafür zuständig ist schließlich Oberstleutnant Ohm, und den wird er jetzt wecken. Soll der doch sagen, was geschehen soll. Soll der doch die Befehle geben. Er, Bentrott, trägt dann keine Verantwortung für das, was passiert. Das ist ihm das Wichtigste jetzt.

Vor Gericht, drei Jahre später, werden sie seine Haltung besonnen nennen. Der einzig Vernünftige, werden sie sagen.

Vielleicht. Einen Mordbefehl hat er jedenfalls nicht gegeben. Aber war er nicht einfach nur feige? Wollte sich heraushalten aus allem?

Er hat nicht gehandelt, hat keine Verantwortung übernommen, für nichts. An den Morden am Tag und in der Nacht, das wird das Gericht ihm bestätigen, war er darum nicht schuld.

16. MARIE

Auch Marie darf ungehindert ins Rathaus. Oft ist sie noch nicht hier gewesen, selten war ein Besuch nötig, dann ist der Vater allein gegangen. Manchmal vielleicht auch die Mutter.

Was tut der Vater jetzt hier?

»Die Marie!«, ruft eine Frauenstimme schrill durch eine halb geöffnete Tür. Sie zieht Akten aus den Regalen. »Ja schau, der Papa ist im Bürgermeisterzimmer! Ist ja ein wichtiger Mann jetzt, Marie! Willst zu ihm?«

Marie nickt. Sie kennt die Frau, weiß aber ihren Namen nicht, sie kauft bei ihnen ihr Fleisch und ihre Wurst. So freundlich! *Der Papa ist ja ein wichtiger Mann jetzt.* Warum ist er das? Was tut der Vater hier?

Die Tür zum Bürgermeisterzimmer ist nur angelehnt, da sitzen sie alle: der Rummer, der März, ein paar Männer noch, deren Namen sie nicht kennt. Und der Vater.

»Vater!«, sagt Marie. Leise zuerst, dann räuspert sie sich. »Vater!«

Jetzt drehen sich alle Köpfe zu ihr um. Der Vater runzelt die Stirn.

»Die Marie!«, ruft der Rummer. Als hätte sie nicht gestört. Er lächelt sogar. »Was gibt's denn, kleines Fräulein?«

»Die Mutter sagt, der Vater soll heimkommen!«, sagt Marie. »Sie braucht ihn im Laden! Das soll ich ausrichten.«

Sie bleibt in der Tür stehen. Der Vater im Bürgermeisterzimmer! Darf er das? Sie alle hier? Da haben doch vorher ganz andere gesessen!

Der Vater rührt sich nicht. Aber der Rummer nickt

ihm jetzt zu. »Geh schon, Wastl!«, sagt er. »Wenn deine Frau dich braucht! Und Dank auch, dass du vorhin gleich mitgegangen bist zum Bergwerk! Hier ist doch alles geregelt. Sogar vor der Wehrmacht müssen wir uns nicht mehr fürchten, hast ja den Hauptmann selbst gehört eben! Das war doch bis dahin meine Sorge – dass die Wehrmacht noch eingreift, in letzter Sekunde, uns alles zunichtemacht, bevor die Amerikaner hier sind! Gibt doch jetzt nichts mehr zu befürchten, Wastl. Gehst halt zu deiner Frau!«

Reithofer steht langsam auf. »Bist dir sicher?«, fragt er.

Der Rummer nickt.

So hat Sebastian Reithofer überlebt.

17. HAUPTMANN BENTROTT, OBERSTLEUTNANT OHM

»Ja sind Sie denn wahnsinnig, Bentrott?«, ruft Oberstleutnant Ohm. Bentrott hat ihn geweckt, aber inzwischen ist er ganz wach. »Festsetzen! Unbedingt festsetzen! Wie konnten Sie diese Männer einfach so weitermachen lassen?«

»Ich wollte nichts tun ohne Ihren Befehl, Herr Oberstleutnant«, sagt Bentrott und legt die Hand an den Mützenschirm.

»Gott im Himmel, den Befehl haben Sie doch jetzt!«, ruft Ohm. »So gehen Sie schon! Festsetzen, alle festsetzen!« Er springt aus dem Bett. »Ich zieh mich nur an, dann bin ich da!«

Hauptmann Bentrott schlägt die Hacken zusammen, nur leicht, und geht. Der Ohm ist ein Norddeutscher, ein Gymnasiallehrer aus Hamburg ist er, vielleicht sind sie deshalb so verschieden. Entschieden der Ohm, eher nachdenklich er selbst.

Aber nun hat er ja seinen Befehl, nun steht fest, was zu tun ist.

Er befiehlt seinen Männern, das Rathaus zu umstellen. Dann geht er selbst hinein.

18. MARIE, SEBASTIAN REITHOFER, HANS RUMMER

»Bring mir den Kittel, Marie!«, sagt Reithofer ungeduldig. »Was wartest du denn? So kann ich doch nicht in den Laden gehen!«

»Der Biersack ist da!«, sagt Marie. Sie greift nach dem Kittel, hält ihn dem Vater hin, das Gesicht dabei abgewandt, hin zum Laden, von wo der Franz Biersack jetzt nach hinten stürmt. »Der will zu dir!«

Aber da ist der Biersack schon durch die Tür. »Reithofer!«, ruft er. »Das ist mir nicht geheuer! Schau nach draußen! Jetzt haben sie das Rathaus umstellt! Wehrmacht überall! Und sie lassen keinen mehr hinein und keinen hinaus! Was hat das zu bedeuten?«

Reithofer schüttelt ungläubig den Kopf, dann ist er am Fenster. »Das ist mir ein Rätsel!«, murmelt er. »Ich war doch gerade noch dort! Ich ruf vom Gattinger den Rummer an. Da muss ich ja nur die Bürgermeisternummer wählen!« Er lacht. »Die Bürgermeisternummer!«, sagt er. Noch immer kann er kaum glauben, was gerade geschieht.

»Hans?«, sagt er dann. Natürlich lässt der Gattinger ihn sein Telefon benutzen. »Hier spricht der Wastl! Was ist denn los bei euch? Das Rathaus ist ja umstellt!«

Auf der anderen Seite nur ein kleines Zögern, dann sagt Rummer: »Der Offizier von der Wehrmacht, der eben hier war – du hast ihn doch selber erlebt, Wastl! –, der hat sich zum Stadtkommandanten ausgerufen, mit dem verhandeln wir dann, was weiter werden soll. Hast doch selber gehört, er will mit uns friedlich die Stadt übergeben! Das muss doch jetzt besprochen werden, wie das geschehen soll! Das ist schon alles recht, Wastl, nun mach dir keine Sorgen! Uns geht es gut!«

»Ich weiß nicht, Hans, bist dir sicher?«, ruft Reithofer. »Soldaten überall …«

Rummers Stimme wird scharf. »Dafür ist jetzt keine Zeit, Wastl!«, sagt er. »Ich muss mit dem Stadtkommandanten verhandeln! Ah, da ist er schon!« Er legt auf.

19. SCHORSCH

Schorsch ist nur langsam hinein zur Wache gegangen, in Sorge. Was wird der Vater sagen, dass er so einfach davon ist vorhin? Als er die Marie gesehen hat? Der Vater ist streng. Der Vater nimmt nicht nur die Hand, wenn er straft. Ja, Schorsch hat Angst.

Aber der Vater hebt nur unwillig den Kopf, als er in die Wache kommt. »Was willst?«, fragt er ungeduldig. »Was störst mich bei der Arbeit?« Dann wühlt er fahrig in einem Stapel von Papieren auf seinem Schreibtisch.

Schorsch starrt ihn an. Hat der Vater schon vergessen, dass er ihn gebeten hatte, ihm auf der Wache zu helfen? Keine Strafe also?

»Ich wollte nur fragen …«, sagt Schorsch.

Jetzt erst sieht der Vater richtig auf. »Ja Herrgott im Himmel!«, ruft er. »Siehst nicht, dass du mich störst?«

Schorsch antwortet nicht, geht rückwärts aus der Wache, draußen beginnt er zu laufen. Es muss mit dem zu tun haben, was sie vorhin am Rathaus gesehen haben, die Marie und er. Er hält sich am besten raus. Wenn er dem Vater nicht helfen muss und wenn die Mutter glaubt, dass er dem Vater hilft, dann ist er frei und kann tun, was er mag.

Die Rathaustür im Rücken, zögert er einen Augenblick. Dann kann er ja auch zu Reithofers Laden gehen, zurück zu Marie. Vielleicht muss sie nicht helfen? Vielleicht hat sie Zeit? Die Erwachsenen sind doch heute alle so beschäftigt!

Da hört er über sich die dröhnende Stimme. »Die Straße ist binnen zehn Minuten frei zu machen!«

Wer ist der Offizier im Bürgermeisterfenster? »In zehn Minuten wird scharf geschossen! Achtung, Achtung! Die Straße ist binnen zehn Minuten frei zu machen, danach wird scharf geschossen!«

Schorsch springt zur Seite, presst sich in einen Hauseingang, erschrocken. Was ist denn da los? Wieso dieser Offizier, der Rummer ist doch jetzt Bürgermeister?

Dann sieht er den nächsten Offizier ins Rathaus stürmen, Oberstleutnant, das erkennt er an der Uniform.

Er geht nicht mehr weiter. Reithofers Laden liegt genau neben dem Rathaus, zu Marie kann er jetzt nicht. *Die Straße ist binnen zehn Minuten frei zu machen!* Er spürt, wie sich ihm der Magen zusammenzieht. Auch wenn er nicht versteht, was vor sich geht: Er glaubt nicht, dass gut ist, was da gerade passiert.

20. HAUPTMANN BENTROTT, HANS RUMMER

Bentrott hat getan, was sein Vorgesetzter ihm befohlen hat, das tut er immer. Die Aufständischen im Bürgermeisterzimmer hat er im Sitzungssaal festsetzen lassen, da haben sie kein Telefon, keinen Volksempfänger, da sind sie abgeschnitten von allem.

»Hauptmann Bentrott!«, hat Rummer gerufen. »Wir waren uns doch einig …«

»Ich muss Sie bitten, sich ruhig zu verhalten!«, sagt Bentrott. Er bleibt höflich, das ist wichtig, wie soll er denn wissen, wie es weitergehen wird. Er führt seine Befehle aus, niemand kann ihm Vorwürfe machen wegen Befehlsverweigerung. Aber wer weiß, wann die Amerikaner da sind? Wer weiß, ob es dann nicht wichtig wird, was diese Männer hier über ihn aussagen? Er bleibt höflich. »Eine reine Vorsichtsmaßnahme.«

Danach tritt er ans Fenster des Bürgermeisterzimmers und sieht nach draußen. Noch immer drängen sich Menschen auf der Straße, das können sie jetzt nicht brauchen. Der Rummer hatte ihm zugesagt, dass es keinen Aufstand geben würde, aber den Rummer hat er festgesetzt. Und was ist, wenn die Menschen draußen davon hören, bevor seine Männer bereit sind? Penzberg war rot, vielleicht ist es das immer noch.

»Achtung, Achtung, hier spricht der Stadtkommandant!«, ruft er aus dem Fenster. »Die Straße ist binnen zehn Minuten frei zu machen. In zehn Minuten wird scharf geschossen! Achtung, Achtung! Die Straße ist binnen zehn Minuten frei zu machen, danach wird scharf geschossen!«

Vor dem Fenster zerstreut sich die Menschenmenge, einige werfen noch einen Blick nach oben. Misstrauisch. Unsicher. Was ist nun mit ihrem Frieden?

21. MARIE, REITHOFER

»Hast gehört, Vater?«, flüstert Marie. »Das war nicht der Rummer!«

Reithofer steht starr. Soll er zurück zum Gattinger, noch einmal im Bürgermeisterzimmer anrufen? Aber wozu muss er sich noch vergewissern? Das ist nicht mehr der Rummer, der da im Bürgermeisterzimmer hinter dem Schreibtisch sitzt. Das war nicht der Rummer, der eben aus dem Fenster die Anweisungen gebrüllt hat.

Wie soll er denn jetzt herausfinden, was ist? Er schaltet den Volksempfänger an, mit fliegenden Fingern, Reichssender München.

»… Gauleiter Giesler!«, sagt eine Stimme. »Achtung, Achtung, zu Ihnen spricht gleich Gauleiter Giesler! Feindliche Elemente hatten heute Nacht den Sender übernommen, sie konnten überwältigt werden und werden in diesen Minuten ihrer gerechten Strafe zugeführt! Achtung, Achtung …«

Reithofer zuckt zusammen. Das ist nicht mehr die Freiheitsaktion Bayern. Sie waren zu vorschnell. Wie konnten sie nur glauben …

»Vater!«, ruft Marie. »Du musst fort, Vater! Wenn sie dich holen …«

Da wird die Tür aufgerissen. »Clemens!«, ruft Reithofer, aber der Mann unter der Tür nimmt nicht einmal seine Kappe ab.

»Ja, was zögerst denn, Wastl?«, ruft er. »Wieso bist immer noch hier? Die anderen sind nebenan alle festgesetzt, was glaubst denn? Die werden noch heute hingerichtet alle!« Er schnauft. »So komm doch, Wastl! Sie wissen doch, dass du dabei warst, sie werden dich suchen!«

… und werden in diesen Minuten ihrer gerechten Strafe zugeführt.

»Und wohin?«, fragt Reithofer, sieht sich um, hektisch, wirr. In seinem Haus finden sie ihn überall. Und auf den Straßen.

»In meine Werkstatt!«, ruft Clemens Meier. Der Freund, der Automechaniker. »So komm! Ich hab doch den Luftschutzkeller!«

Reithofer dreht sich um zu Marie. »Marie …«, sagt er. So hilflos hat sie ihn noch nie erlebt.

»Du musst gehen, Vater!«, sagt Marie. »Durch den Hinterausgang, da sehen sie dich nicht!«

Reithofer vergisst, den Kittel auszuziehen. Schon läuft er neben dem Freund her. Dem Clemens. Er fragt nicht, warum der Clemens das tut. Weiß doch genau, was das auch für ihn bedeutet, wenn sie den Reithofer bei ihm finden.

Er fragt nicht, warum der Clemens das tut, der Clemens fragt sich auch nicht. Weil es richtig ist. Weil auch in diesen Zeiten irgendwer das Richtige tun muss, einfach weil es richtig ist.

22. HAUPTMANN BENTROTT, OBERSTLEUTNANT OHM

Bentrott hat seine letzten Worte aus dem Fenster noch kaum gebrüllt, da öffnet sich hinter ihm die Tür. »Bentrott!«, ruft Oberstleutnant Ohm. »Sicherheitsposten aufstellen, überall in der Stadt! Und den Lautsprecherwagen! Ausgangssperre für alle Männer!«

»Schon angeordnet, Herr Oberstleutnant!«, sagt Bentrott.

»Und wo ist der bisherige Bürgermeister?«, fragt Ohm.

»Den hab ich schon rufen lassen!«, sagt Bentrott. »Ein gewisser Vonwerden. Der wird wohl gleich hier sein.«

Ohm nickt. »Dann haben wir alles unter Kontrolle!«, sagt er. »Mein Gott, diese Vaterlandsverräter! Wie konnten sie nur glauben, dass sie damit durchkommen!«

Und wieso glauben wir, dass wir durchkommen mit dem, was wir hier gerade tun?, möchte Bentrott fragen. Wo die Amerikaner schon vor den Toren stehen? Ist das jetzt klug, Oberstleutnant Ohm?

Aber ich habe nur meinen Befehlen gehorcht.

»Vonwerden«, sagt da eine unsichere Stimme

von der Tür her. »Sie haben mich rufen lassen, Herr Oberstleutnant?«

Bentrott sieht noch einmal kurz aus dem Fenster. Draußen ist jetzt alles ruhig.

»Ah, der Herr Bürgermeister!«, ruft Oberstleutnant Ohm. »Sie sind wieder eingesetzt, Mann! Wie konnten Sie das Rathaus so schnell übergeben? Das ist Vaterlandsverrat, Mann!«

»Sie haben mich bedroht!«, murmelt Vonwerden. »Sie haben mich bedroht, mit vorgehaltener Waffe! Da konnte ich nicht anders!«

Ohm winkt ab. »Das ist auch gleichgültig jetzt!«, sagt er. »Jetzt müssen Entscheidungen getroffen werden. Ich brauche Weisung aus München für das weitere Vorgehen.«

23. MARIE

Nachdem der Vater weg ist, schließt Marie die Hintertür ab, dann geht sie nach vorn in den Laden. Irgendwie muss sie der Mutter erzählen, was geschehen ist.

Hinter dem Tresen steht die Mutter in ihrer weißen Schürze, lächelt, schlägt Fleisch ein in braunes Papier.

»Ja so, bittschön!«, sagt sie und reicht es der Kundin hinüber. »Und was macht der Franz? Konnte er schon entlassen werden aus dem Lazarett?«

Die Kundin gibt ihr das Geld, berichtet, die anderen Kundinnen hören zu. Sie alle haben ja Söhne, Männer an der Front, im Lazarett vielleicht auch, haben Brüder verloren. Lazarett, das ist gut. Wenn der Krieg schnell genug zu Ende geht, müssen sie nicht mehr an die Front. Aber seit heute Morgen ist er ja eh zu Ende.

»Hast gehört, Reithoferin?«, fragt die Dritte in der Schlange. »Sie haben ein Ausgangsverbot verhängt für die Männer! Ja was ist denn jetzt eigentlich? Wer hat denn jetzt das Sagen in Penzberg, du musst es doch wissen? Dein Mann war doch dabei heute Morgen, ist der Krieg nun zu Ende? Warum steht denn wieder überall die Wehrmacht?«

Sie weiß ja von nichts!, denkt Marie. Die Mutter weiß doch von nichts! Hat hier im Laden gestanden und bedient, während der Vater hinten die Nachrichten gehört hat.

»Die Wehrmacht?«, fragt die Mutter verblüfft.

»Musst ja nur aus dem Fenster schauen!«, sagt die Dritte in der Schlange. »Da schau! Vor dem Rathaus!«

Die Mutter beugt sich vor, dann schlägt sie sich

die Hand vor den Mund. »Wastl!«, ruft sie. Auf einmal ist ganz gleichgültig, was die Kundinnen denken. Jetzt geht es um ihren Mann.

Marie lächelt den Frauen beschwichtigend zu, die Mutter ist nach hinten verschwunden. »Darf ich Ihnen helfen?«, fragt sie. Sie hört selbst, wie belegt ihre Stimme klingt, aber sie muss das hier tun. Alles soll ganz normal erscheinen, ganz normal. Je später nach dem Vater gesucht wird, desto größer sind seine Chancen. Wenigstens von der Straße weg muss er sein.

Vielleicht ist er sogar schon beim Clemens Meier im Luftschutzkeller? Heilige Mutter Gottes!, betet Marie stumm. Steh uns bei!

»Hast noch Suppenfleisch?«, fragt die Kundin ganz vorne. »Mit Markknochen, wennst hast?«

Marie nickt. »Kommt sofort!«, sagt sie. Ganz egal, was gerade geschieht: Die Frauen müssen kochen. Und morgen ist Sonntag, da soll etwas Gutes auf den Tisch, wenn doch in der Woche sowieso überall Schmalhans Küchenmeister ist, wo der Krieg schon so lange geht und es Lebensmittelmarken gibt.

Ganz egal, was draußen gerade geschieht: Die Frauen müssen dafür sorgen, dass der Alltag weitergeht.

München, 28. April 1945, mittags

24. OBERSTLEUTNANT OHM, BÜRGERMEISTER VONWERDEN

An der Stadtgrenze werden sie vorsichtig. Sie sind bis München gekommen, ungehindert. Keine Amerikaner. Keine Freiheitsaktion Bayern. Das Land in Erstarrung, in Erwartung dessen, was kommen mag. Barrikaden, Sperren überall an den Einfahrten in die Orte, dafür gedacht, den Feind doch noch aufzuhalten. Männer des Volkssturms, oft nur Hitlerjungen in kurzen Hosen, oft auch Greise mit dem Jagdgewehr, die sie durchwinken, sobald sie die Wehrmacht erkennen.

In der Ludwigstraße liegt das Zentralministerium, dahin müssen sie jetzt. Sich Weisungen holen, sagt Ohm. Der Vonwerden wollte mit.

Weisungen! Wer braucht in dieser Situation Weisungen? Sehen sie nicht, was ist? Zumindest, was kommt?

Als wüssten sie nicht, wie die Weisungen aussehen werden, kann doch gar nicht anders sein! Und warum fragen sie dann? Könnten doch stillhalten einfach. Könnten doch warten auf die Amerikaner, kann ja nicht mehr lange dauern. Könnte doch einfach weiterziehen mit seinen Männern, der Ohm, wie befohlen zur Alpenfestung. Was mischt er sich ein, was geht ihn Penzberg an? Warum holt er sich nun auch noch Weisungen, von denen er weiß, wie sie lauten werden, fährt sogar extra nach München?

Geht es ihnen darum, nicht schuld zu sein in der Zeit, die sie kommen sehen? Nicht schuld zu sein, weil sie nicht die Verantwortung tragen für das, was sie jetzt doch noch unbedingt tun wollen? Fahren sie deswegen nach München?

»Erschießen, Mann!«, sagt Gauleiter Giesler. »Alle erschießen! Da fragen Sie noch? Hochverrat! Landesverrat! Zersetzung der Wehrkraft! Und lassen Sie keinen aus! Das muss gesühnt werden!«

»Und ein Standgerichtsurteil?«, fragt Ohm. Doch, sicher. Er fürchtet, was kommt. Warum ist er nicht einfach weitergezogen? »Müsste nicht zuerst ein Standgericht …«

»Wozu das, Mann?«, ruft Giesler. »Wenn ich sage, erschießen, dann erschießen Sie! Wozu brauchen Sie da noch ein Standgericht? Ich bin der Reichsverteidigungskommissar!«

Ohm schlägt die Hacken zusammen.

»Und danach verlassen Sie mit Ihrem Regiment schnellstens die Stadt!«, sagt Giesler. »Wie geplant. Sie werden gebraucht, Mann! An der Alpenfestung! Aber vorher erledigen Sie noch das hier.«

»Bitte!«, flüstert Vonwerden. »Wenn ich auch etwas sagen dürfte?«

Der Gauleiter sieht ihn an, er macht sich nicht einmal die Mühe, seine Verachtung zu verbergen.

»Wenn das Militär abzieht!«, sagt Vonwerden, wird lauter allmählich. »Dann kommt es in Penzberg zum Aufstand! Schon grade, wenn jetzt noch der Rummer hingerichtet wird und seine Roten alle! Dann bringen sie mich um, dann bin ich nicht mehr sicher!« Er holt tief Luft. »Und das Reich verteidigen im Endkampf werden sie auch nicht mehr!«, ruft er. Als ginge es ihm darum! »Was würde der Führer dazu sagen? Wer soll dann noch die Stadt gegen die Amerikaner verteidigen?« Am Schluss ist seine Stimme schrill.

Der Gauleiter sieht fragend zu Ohm, der zuckt die Achseln. »Wir haben den Befehl, zur Alpenfestung zu ziehen!«, sagt er. Nur weg. Nur weg, so schnell wie möglich, aus diesem verdammten Penzberg. Wenn die letzte Aufgabe erledigt ist.

Der Gauleiter greift zum Telefon. »Sie sind mir auch kein Held, was, Bürgermeister Vonwerden?«, sagt er spöttisch. »Da verlassen Sie sich mal auf die Gruppe Hans! Wozu haben wir den Werwolf?« Er dreht die Wählscheibe. »Steht ja in Großhadern, das

Rudel von Leit-Wolf Hans Zöberlein. Da geschieht Ihnen nichts, Vonwerden, seien Sie beruhigt. Wenn der Werwolf in der Stadt ist.«

Und so kommt alles, wie es kommt. Und niemand ist schuld daran, später, kein Einziger von ihnen. Sie alle haben nur Befehle befolgt. Am Ende sind sie alle wieder frei.

Aber ich greife ja vor. Die Morde müssen doch zuerst noch geschehen.

Penzberg, 28. April 1945, nachmittags

25. SCHORSCH, MARIE

Schorsch hat gewartet. In Reithofers Laden kommen und gehen die Kundinnen, als wäre das heute ein normaler Tag; wenn die Tür aufgeht, glaubt er manchmal Marie zu entdecken. Dann kommen die Soldaten, geführt von seinem Vater. Polizeimeister Lahner! Was wollen Sie bei Reithofer?

Schorsch drückt sich tiefer in den Hauseingang. Ausgangsperre für Männer, gilt die auch für einen mit fünfzehn? Der alt genug ist, im Volkssturm zu kämpfen, beim Werwolf, alt genug, zu erschießen, erschossen zu werden? Wenn sie ihn entdecken, was machen sie dann mit ihm? Er trägt ja noch die kurzen Hosen der HJ-Uniform.

Die Soldaten verschwinden im Laden, sein Vater ist mit dabei, bleiben eine Weile, kommen wieder heraus, Maries Mutter ist bei ihnen. Sie gehen nach nebenan ins Rathaus, Maries Mutter kommt allein zurück. Selbst aus der Entfernung kann er erkennen, dass sie sich Tränen aus dem Gesicht wischt.

Was wollten die Soldaten, warum hat sein Vater sie geführt? Was ist mit Reithofers Laden? Warum waren sie ausgerechnet dort?

Schorsch wartet. Vor dem Rathaus zieht mehr Militär auf, jetzt auch SS, ihn lassen sie in Ruhe. Wer weiß, ob sie ihn überhaupt bemerkt haben. Er steht ganz ruhig und sieht auf die Straße, könnte jetzt doch an nichts anderes denken als an Marie und ob sie sicher ist. An Marie und warum die Soldaten im Laden waren. Er wartet einfach weiter, vielleicht kommt sie irgendwann heraus.

26. OBERSTLEUTNANT OHM, HAUPTMANN BENTROTT, BÜRGERMEISTER VONWERDEN, HANS RUMMER

»Zehn Mann!«, sagt Ohm, schleudert seine Mütze auf den Tisch im Bürgermeisterzimmer, mit gesenktem Kopf steht Vonwerden hinter ihm. »Zehn Mann Vollstreckungskommando, Bentrott. Sie leiten die Exekution.«

Bentrott nickt, kein militärischer Gruß diesmal, schlägt nicht die Hacken zusammen. »Zehn Mann, jawohl, Herr Oberstleutnant!«, sagt er. »Und ich schlage vor, Hauptmann Koopmann mit der Exekution zu beauftragen. Für mich gibt es hier genug anderes zu tun. Aber darum will ich mich kümmern.«

Ohm winkt ab, einmal mehr hat Bentrott den Kopf aus der Schlinge gezogen. »Dann eben Koopmann!«, sagt er. »Nur schnell muss es gehen! Wir wollen hier weg!«

Er wendet sich an Vonwerden. »Und Sie übernehmen das im Sitzungssaal.«

Vonwerden zuckt zusammen. »Ich?«, flüstert er. »Wieso ich? Wäre es nicht richtiger, wenn Sie, Herr Oberstleutnant …«

Ohm wirft ihm einen Blick zu, dass Vonwerden schweigt. »Kommen Sie!«, sagt er.

Die Männer im Sitzungssaal sind ruhig. Sie sitzen um den großen Tisch, an dem sie früher getagt haben, vor langer Zeit, bevor sie alle abgesetzt wurden, nach Dachau geschickt, bevor der Hitler kam.

»Stehen Sie auf!«, ruft Bentrott. Er hat die Tür geöffnet. »Erheben Sie sich zur Verkündung des Urteils!«

Vonwerden sieht ihn Hilfe suchend an.

Die Männer stehen auf, Stuhlbeine scharren über den Boden. Vielleicht sind sie so ruhig, weil sie schon darauf gewartet haben. Was für eine Groteske! Schon morgen kann doch alles anders sein. Schon morgen werden doch vielleicht die Amerikaner …

Vonwerden räuspert sich.

»Auf Befehl des Gauleiters Giesler in München, Reichsverteidigungskommissar, verkünde ich dieses Urteil!«, sagt er. Wirft einen schnellen Blick zu Ohm, ob er es richtig macht so. »Wegen Hoch- und Landesverrats sowie Zersetzung der Wehrkraft werden alle Angeklagten …«

»Wer ist angeklagt?«, ruft der März. Als ob das jetzt noch zählt. Sie wissen ja, was gemeint ist.

»… alle Angeklagten noch heute standrechtlich erschossen.«

Bei aller Angst spürt Vonwerden doch auch so etwas wie Befriedigung. Das hatten sie wohl gedacht heute Morgen! Nun kann er ihnen noch einmal zeigen, wer wirklich der Herr ist in dieser Stadt.

Rummer schüttelt den Kopf, sieht nicht einmal zu Vonwerden hin. »Herr Hauptmann!«, ruft er. »Hauptmann Bentrott! Wir waren uns doch einig! Das ist doch Wahnsinn, warum tun Sie das noch? Sie wissen selbst, es ist zu Ende!«

Bentrott sieht ihn nicht an.

»Abführen!«, sagt er zu seinen Männern. »Abführen zum Richtplatz.«

Penzberg, 28. April 1945, später Nachmittag

27. SCHORSCH, MARIE

Irgendwann hat er es nicht mehr ausgehalten. Ist aus dem Hauseingang getreten, hat sich vor das Fenster der Metzgerei gestellt, hat gewartet, bis Marie nach draußen schaut. Dann hat er gewunken.

Es hat eine Weile gedauert, bis sie gekommen ist. Hat weiter verkauft zuerst, als hätte sie ihn nicht bemerkt, hat sich dann zu ihrer Mutter gebeugt, die Mutter hat genickt. Dann ist Marie gekommen.

»Marie!«, flüstert Schorsch. »Marie, was ist denn passiert? Warum war mein Vater bei euch?«

Marie wirft einen Blick zurück auf den Laden, dann sieht sie zum Rathaus, zieht ihn am Ärmel. »Komm weg hier!«, flüstert sie. »In der Stadt können wir nicht reden!«

Sie läuft voraus, Schorsch läuft hinterher. Überall in den Straßen stehen Soldaten, passen auf, dass die Männer in ihren Häusern bleiben, Ausgangssperre. Nur Frauen und Kinder dürfen noch nach draußen, er ist also ein Kind in ihren Augen. Was ihn gestern noch wütend gemacht hätte, ist jetzt sein Glück.

»Zur Abraumhalde!«, sagt Marie. »Da ist es still, da können wir reden!«

Weit ist es nicht. Die Nachmittagssonne scheint

auf das graue Gras am Rand der Halde, das Wäldchen, noch ist die Erde eigentlich zu kalt, um darauf zu sitzen. Wen kümmert es.

Marie deutet auf den Boden. »Eine Stunde, hat die Mutter gesagt! Dann muss ich zurück sein im Geschäft! Alles muss ganz normal weitergehen.«

Sie setzt sich ins Gras, klopft mit der Hand auf die Stelle neben sich, zum Zeichen, dass er sich auch setzen soll.

»Was wollte mein Vater bei euch?«, fragt Schorsch wieder. Er lässt sich starr, aufrecht auf dem Boden nieder, noch immer versucht er, keinen Fehler zu machen. »Mit den Soldaten? Was wollten sie bei euch im Laden? Warum haben sie deine Mutter mitgenommen?«

»Sie haben den Vater gesucht!«, sagt Marie, und Schorsch sieht erschrocken, dass sich in ihren Augen Tränen sammeln.

Schorsch starrt sie an. Dass sie trotzdem mit ihm hier sitzt! »Marie …«, flüstert er. »Ich wusste das doch nicht!«

Marie wischt sich mit dem Arm über das Gesicht. »Die Mutter war auf dem Rathaus zur Befragung«, sagt sie. »Der Vater ist ja verschwunden. Bestimmt suchen sie ihn immer noch! Im Rundfunk hat der

Gauleiter gesagt …« Sie schluchzt auf. »Wenn sie ihn finden, erschießen sie ihn!«, flüstert sie. »War doch beim Rummer dabei, der Vater, hast doch selbst gesehen!«

Dann lehnt sie ihr Gesicht gegen seine Schulter, als wäre er nicht der Sohn vom Lahner, Polizeimeister, der die Soldaten zu ihrem Vater führen wollte; weint in sein braunes Hemd, bis er spürt, wie seine Schulter feucht wird von ihren Tränen, bis er wagt, den Arm um sie zu legen, behutsam zuerst, dann immer fester. »Pssst, Marie!«, flüstert er. »Wird doch alles gut! Geht doch nicht mehr lang, Marie! Muss nur noch kurz durchhalten, dein Vater, darf nur nicht zurückkommen! Vielleicht sind sie schon morgen da, die Amerikaner, kann doch keine Woche mehr dauern! Ist gut, dass er ihnen ausgekommen ist!«

Dass er jetzt wagt, das zu sagen.

Er sucht in seiner Hosentasche, findet sein Taschentuch; als er es ansieht, mag er es ihr nicht geben. »Marie! Wird schon alles gut werden! Wo ist er denn jetzt, dein Vater?«

Er spürt, wie sie auf einmal ganz starr wird. »Das geht dich gar nichts an!«, sagt sie, rückt sogar ab von ihm. Hat sie nicht eben noch an seiner Schulter geweint? Jetzt ist er für sie wieder der Sohn vom Lahner. »Wenn sie dich befragen …«

»Wer?«, fragt Schorsch, aber er weiß es ja. »Ich würde deinen Vater doch niemals verraten! Vertrau mir, Marie! Ich würde doch auch meinem Vater nichts verraten!«

Marie sieht ihn an. »Was weißt denn du?«, fragt sie, und da ist so viel Zorn in ihrer Stimme, dass er erschrickt. »Bist so ein Held, Schorsch? Hast nicht gehört, was sie erzählt haben alle, die in Dachau waren? Mit der Folter sind sie nicht zimperlich, die Braunen! Weißt du, wie lange du durchhältst, Schorsch? Weißt du, ob du nicht redest, wenn du die Schmerzen nicht mehr erträgst? Besser, du weißt nichts. Wenn du nichts weißt, kannst auch nichts verraten.«

Schorsch starrt auf seine Hände. Folter, daran hat er nicht gedacht. Waren doch alles nur Gerüchte, hat der Vater gesagt, das über Dachau. Gerüchte, das haben alle gesagt. Hat doch niemand geglaubt, der es nicht glauben wollte.

Aber manche mussten es glauben, auch Marie. Marie kennt viele, die in Dachau waren, Marie war dabei, wenn sie erzählt haben. Er nicht. Er ist der Sohn von Polizeimeister Lahner.

»Bist so ein Held, Schorsch?«

Sie würde schon sehen! Wie kann sie nur glauben, dass er ihren Vater verraten würde? Nicht mal an seinen Vater, an den schon gerade nicht. Und die Folter? Ach, die haben schon ganz andere durchgestanden. »Warum vertraust du mir nicht, Marie!«

Dann sieht er die Soldaten kommen, sie marschieren im Gleichschritt. Zwölf Mann.

28. HAUPTMANN KOOPMANN, HANS RUMMER, OBERLEUTNANT RETHAGE, SCHORSCH, MARIE

Sie haben die Fenster des Wagens verhängt. Wenn die Wehrmacht die Gefangenen durch die Stadt fährt, soll niemand wissen, wer drinnen sitzt mit gefesselten Händen.

Auch wenn die Männer alle in den Häusern hocken, Ausgangssperre. Wer weiß, ob sie sich noch daran halten, wenn sie heimlich hinter ihren Gardinen stehen und sehen, wer da gefahren wird und wohin?

»Aufstellen!«, ruft Hauptmann Koopmann.

Schorsch hat Marie tiefer ins Wäldchen gezogen, sind sie sicher hier? Die Soldaten haben ja anderes zu tun.

Er hält Marie seine Hand vor den Mund, schüttelt

heftig den Kopf. Bloß still sein, es bleibt keine Zeit mehr davonzulaufen, es darf sie niemand entdecken.

Nein, er will nicht sehen, was er jetzt sehen muss. Die Soldaten, in Zehnerreihe, legen das Gewehr an.

»Nein!«, schluchzt Marie. Aber er presst ihr die Hand nur noch fester auf den Mund, will nicht mehr hinsehen, kann sich doch nicht abwenden.

»Erschießung wegen Anstiftung zur Bewaffnung der Zivilbevölkerung, um auf durchziehende Soldaten zu schießen!«, ruft Koopmann. »Also auf euch! Ihr vollstreckt ein gerechtes Urteil.«

»Ludwig März!«, ruft Hauptmann Koopmann.

Die Wagentür öffnet sich. Der Mann, der jetzt vor die Soldaten tritt, die Schultern gestrafft, sagt kein Wort. Schreit nicht, jammert nicht, fleht nicht. Wirft noch einen Blick auf die jungen Gesichter neben den Gewehrläufen, mitleidig beinahe, dann wird ihm die schwarze Augenbinde umgelegt.

Als die Salve dröhnt, schreit Marie auf, nicht zu hören unter dem Lärm der Gewehre. Schorschs Griff kann nicht mehr fester werden. Er presst Marie an sich, hat sich nun doch abgewandt von den Soldaten, von den Männern auch, die nacheinander aus dem Wagen gerufen werden; will nicht länger sehen, was da geschieht. Und muss dennoch dabei sein.

»Rupert Höck!« Die nächste Salve.

Er zählt nicht mit, er zittert, dies ist ja nicht die Wirklichkeit. Die Soldaten legen an. Zielen sie wirklich alle auf den Mann, der da mit der Augenbinde vor ihnen steht, alle zehn? Sucht nicht wenigstens einer ein Ziel so weit entfernt, dass er sicher sein kann: Nicht meine Kugel hat getroffen? Und gleichzeitig so nah, dass es nicht aussieht wie Befehlsverweigerung, noch immer könnte die ja tödlich sein? Die Stämme der Bäume hinter den Toten werden später zerfetzt sein.

»Johann Dreher!«

Auch Marie hat sich abgewandt, sie schreit nicht mehr, sie schluchzt nicht mehr. So stehen sie beide, erstarrt im Schrecken, sehen nicht hin, spüren in all der furchtbaren Unwirklichkeit nicht einmal mehr die Angst, dass man sie entdecken könnte.

»Paul Badlehner!«

Und der Nächste. Der Nächste. Dann, ganz am Ende, Nummer sieben, Hans Rummer. »Es lebe mein Heimatland!«, ruft der und meint doch nicht dasselbe wie all die, die in den letzten Jahren ohne Pause dröhnend von Verteidigung der deutschen Heimat geredet haben. Das Kommando folgt, bevor er zu Ende gesprochen hat, die Soldaten geben Feuer.

»Das war der Letzte!«, sagt Oberleutnant Rethage, Führer des Exekutionskommandos. Wie viele solcher Kommandos hat er schon geleitet? Drei Jahre später, vor Gericht, wird er sagen, es war seine erste Exekution. »Grube ausheben!«

»Jetzt sieht gewiss keiner her!«, flüstert Schorsch. »Komm, Marie! Lass uns laufen!«

Die Soldaten greifen sich ihre Spaten, beugen sich über den Boden, heben die Grube aus; flach nur, es ist nicht viel Zeit. Aber diese Toten sollen schnell unter die Erde, die Männer da vor ihnen, sie wollen sie nicht mehr sehen, wollen nicht an sie erinnert werden, sie sollen nur verschwinden.

Und während die Soldaten graben, laufen Schorsch und Marie. Wer weiß denn, was ihnen geschehen würde, würden sie entdeckt?

Nur laufen, laufen, zurück in die Stadt.

Jetzt ist es doch vorbei. Jetzt kann doch endlich alles gut werden. Jetzt können die Soldaten doch abziehen und die Penzberger in Ruhe trauern lassen.

Aber es war erst der Anfang.

2. TEIL
DIE MORDNACHT

Penzberg, 28. April 1945, abends

29. GUSTL

Auf das, was nun kommt, hat Gustl gewartet. Darum hat er sich doch gemeldet, nach Großhadern! Nur darum hat er doch durchgehalten, die Nächte neben den alten Männern mit ihrem Schnarchen. Aber jetzt! Jetzt kommt endlich der Einsatz fürs Vaterland!

»Das ganze Rudel nach Penzberg!«, hat Leit-Wolf Zöberlein befohlen.

Und auch noch nach Penzberg! Spricht der Führer nicht immer vom Schicksal, das kann doch auch nur Schicksal sein, dass es ausgerechnet nach Penzberg geht!

Was immer dort auf ihn wartet: Er wird sich bewähren. Das ist seine Stunde, die Schmach der Eltern zu sühnen. In Penzberg.

Und die Aufregung fühlt sich an wie Glück.

30. SCHORSCH, MARIE

Zum ersten Mal verliebt sein: Das ist doch immer zugleich wunderbar und schwer.

Aber in dieser Zeit? Wie soll das denn gehen?

»Ich bring dich noch heim!«, hat Schorsch zu Marie gesagt, mehr haben sie nicht gesprochen. Er hält sie nicht mehr, war doch ohnehin keine Umarmung, wie er sie sich vor dem Einschlafen wieder und wieder ausgemalt hat. Diese Umarmung will er schnell vergessen. Wie alles, was eben war.

Sie laufen nebeneinander, sind einander gerade nicht wichtig. Nichts ist mehr wichtig jetzt außer dem, was sie eben gesehen haben. Stumm versuchen sie sich einzureden, dass es nicht geschehen ist, beide für sich, jeder allein. Würden sie anfangen zu sprechen, es würde für immer Wirklichkeit werden. Sie schweigen den ganzen Weg.

»Was ist das?«, flüstert Schorsch. Da sind sie schon fast bei der Metzgerei angekommen, er hat noch nicht einmal überlegt, wie er sich von Marie verabschieden soll.

Vor dem Rathaus stehen drei Lastwagen, aus denen springen jetzt Männer, schwer bewaffnet, vermummt. Mancher braucht Hilfe, wenn er sich von der Ladefläche herunterlässt, sind wohl nicht mehr alle jung. »Wer ist das?«

Marie starrt zu den Wagen hin wie er. »Keine Uniformen!«, sagt sie. Es klingt fragend, nicht erleichtert.

»Der Volkssturm?«, fragt Schorsch, weiß aber gleich, dass das nicht sein kann. Der Volkssturm, das sind ja Männer aus Penzberg, die würden sie doch kennen. Aber wo hier ein Gesicht zu sehen ist, nicht vermummt, ist es fremd.

Dann strömen die Männer schon aus, beginnen Papiere zu verteilen, kaum Penzberger da, denen sie sie geben könnten. Ist doch Ausgangssperre, da werfen sie die Blätter durch Briefschlitze und klemmen sie in die Türen.

Marie tritt ein paar Schritte vor, schon haben zwei Männer ihr jeder ein Blatt gegeben, eins reicht sie weiter an Schorsch.

Die Tür der Metzgerei öffnet sich einen Spalt weit. »Marie!«, ruft die Mutter.

»Geh heim, Schorsch!«, sagt Marie. »Ist wohl doch nicht vorbei.« Sie sieht ihn nicht einmal an dabei, sie geht ins Haus. Die Mutter schließt hinter ihr die Tür.

Zum ersten Mal verliebt sein in dieser Zeit: Wie soll das gehen?

31. SCHORSCH

Aber noch geht Schorsch nicht nach Hause, wer weiß, was ihn da erwartet? So lange war er verschwunden, die Strafe kommt sowieso. Da kann er auch noch bleiben, sehen, was gerade geschieht, in Maries Nähe. So schlimm wie an der Abraumhalde kann es doch nicht mehr werden. Er hat das Schlimmste erlebt. Er muss nichts mehr fürchten.

»He! Was glotzt denn da?«, ruft von einem der Wagen eine kräftige Stimme. Keiner von den ganz Alten, keiner von den ganz Jungen. »Mach, dass d' fortkommst! Schleich di!«

Schorsch geht ein paar Schritte, gerade nur um die Ecke in die Gustavstraße, dann wirft er den ersten Blick auf das Flugblatt. Will es zerknüllen, nicht noch mehr Schrecken jetzt, nicht noch mehr! Es soll doch zu Ende sein!

Aber wissen muss er, was kommt. Er liest.

Warnung an alle Verräter und Liebediener des Feindes! Der Oberbayerische Werwolf warnt vorsorglich alle diejenigen, die dem Feinde Vorschub leisten wollen oder Deutsche und deren Angehörige bedrohen oder schikanieren, die Adolf Hitler die Treue hielten. Wir warnen! Verräter und Verbrecher am Volke büßen mit dem Leben und ihrer ganzen Sippe. Dorfgemeinschaften, die sich versündigen am Leben der Unseren oder die weiße Fahne zeigen, werden ein vernichtendes Haberfeldtreiben erleben, früher oder später. Unsere Rache ist tödlich.

Der Werwolf Oberbayern

Unsere Rache ist tödlich.

Noch immer verteilen die Vermummten ihre Nachricht. Er hätte es wissen können. Der Werwolf.

Nein, nichts, gar nichts ist vorbei.

32. LEIT-WOLF ZÖBERLEIN, VONWERDEN, REBHAHN, POLIZEIMEISTER KUGLER

Im Rathaus ist Leit-Wolf Zöberlein sofort vorgelassen worden. »Kennwort Hans!«, hat er gerufen und hat gleichzeitig die Wache beiseitegedrängt. »Wo ist der Bürgermeister?«

Vonwerden ist die Erleichterung ins Gesicht geschrieben. »Endlich!«, ruft er. »Die Männer des Regiments stehen kurz vor dem Abmarsch, die Stadt bliebe ohne Schutz zurück! Und die Rache der Penzberger …«

Zöberlein salutiert militärisch, als wäre Vonwerden ein Offizier, als wäre er selbst ein Offizier, ach, hätte er es doch jemals sein dürfen! Aber jetzt ist er Leit-Wolf.

»Leit-Wolf Hans Zöberlein! Rudel Großhadern meldet sich zur Stelle!«, sagt er. »Meine Männer sind schon in den Straßen. Wir sollten nicht zögern, die verdächtigen Elemente auszuschalten.«

»Das habe ich gerade gesagt!«, ruft Vonwerden. »Schnell muss es gehen! Die Stadt ist ja immer noch voll von ihnen!«

»Gibt es eine Liste?«, fragt Zöberlein.

Vonwerden zögert. Sicher gibt es Listen irgendwo, wer war in Dachau? Wer ist sonst aufgefallen in den letzten zwölf Jahren, wer wollte nicht in die Partei? Wer grüßt nicht mit dem Hitlergruß?

Aber das dauert zu lange jetzt. Sie sind doch genügend Männer hier, die die Stadt kennen, auch beim Werwolf sind einige aus Penzberg, Zöberlein muss sie nur rufen lassen.

»Zila! Selbertinger! Weißenbach! Kopp!«

Dann schreiben sie auf, verdächtige Elemente, das Blatt füllt sich, so viele Namen von Männern, denen man nicht trauen kann.

»Bergwerksdirektor Dr. Ludwig!«, ruft NSDAP-Gruppenleiter Rebhahn. Auch der ist jetzt dabei. »Der hat mit Rummer zusammengearbeitet heute Morgen! Hat die Frühschicht wieder ausfahren lassen, hat das Bergwerk nicht gesprengt, hat sich dem Nero-Befehl widersetzt!«

»Wird abgesetzt!«, sagt Vonwerden. Einen winzigen Augenblick denkt er an die Amerikaner, was werden sie sagen, wenn er den Ludwig hängen lässt? »Der wird nur abgesetzt. Der soll als Hauer arbeiten.«

Und es ist den anderen auch gleichgültig, so viele Namen schon auf dem Blatt, über hundert vielleicht, so viel Arbeit vor ihnen, da spielt einer mehr oder weniger keine Rolle. Alle können sie doch ohnehin heute Nacht nicht mehr schaffen.

»Polizeimeister Kugler!«, sagt Vonwerden. »Zu jedem Namen die Adresse ermitteln!«

Zeigt auf zwölf, fünfzehn vielleicht, mit denen können sie anfangen.

33. SCHORSCH

Schorsch wartet. *Verräter und Verbrecher am Volke büßen mit dem Leben und ihrer ganzen Sippe.* Was wird, wenn sie Reithofer finden? Und wenn sie ihn nicht finden, was dann?

… und ihrer ganzen Sippe, das ist auch Marie. Er kann jetzt nicht gehen. Er muss bleiben, muss abwarten, was geschieht.

Im Rathaus ist auch sein Vater, was tut er da jetzt? Daran will Schorsch nicht denken.

Er muss warten. Es geht um Marie.

34. ZÖBERLEIN, VONWERDEN, LAHNER, STADTWACHMANN MARKSTEINER

Sie haben die Namen mit den Adressen sorgfältig auf einzelne Zettel geschrieben, muss alles seine Ordnung haben. Nun können sie ausströmen, in Jagdgruppen, jede Gruppe eine Adresse.

»Zuverlässige, ortskundige Männer?«, fragt Zöberlein. »Sie sollen die Trupps führen!«

Einen Augenblick ist Schweigen. Gibt es in ganz Penzberg niemanden, dem sie trauen können?

»Polizeimeister Lahner?«, sagt Vonwerden.

Lahner zögert einen Augenblick. Hat er schon vergessen, was er am Morgen auf der Wache zu tun versucht hat? »Die Stadtwachmänner!«, sagt er. »Die kennen sich aus. Die kennen die Straßen.«

»Dann jetzt Stricke!«, sagt Zöberlein. »Aber zack, zack!«

Und die Wachmänner? Unbescholtene Bürger der Stadt, wollen nichts mit alldem zu tun haben, wollen nur ihren Frieden, warten nur noch, dass alles vorbei ist und sie herauskommen aus der ganzen Sache, ohne dass ihnen irgendwer Vorwürfe machen kann. Auch nicht die Amerikaner. Müssen doch bald da sein.

»Warum wir?«, ruft Stadtwachmann Marksteiner. »Wir sind Geschäftsleute! Wir taugen nicht für solche Aktionen! Wir kennen auch gar nicht die Adressen!«

Lahner wirft Zöberlein einen erschrockenen Blick zu. Nicht, dass das auf ihn zurückfällt! »Ich zeig sie euch noch mal auf der Karte, Männer!«, sagt er. »Ihr kennt euch doch wohl aus in eurer Stadt! Und ist ja alles ganz harmlos!«

Marksteiner wirft einen Blick auf die Stricke, aber er widerspricht kein zweites Mal. Er hat das Flugblatt gelesen. Er will leben. Das wollen auch die anderen drei.

»Adolf-Hitler-Straße 50!«, sagt Lahner. »Gottlieb Belohlawek. Hier ist es.« Er zeigt auf den Plan.

Als ob irgendwer nicht wüsste, wo die Adolf-Hitler-Straße liegt, und die Nummer lässt sich doch finden. Wie auch die anderen Adressen alle. Keine Ausrede mehr. Es kann losgehen. Die Verräter und Verbrecher am Volke werden jetzt büßen. Mit ihrem Leben.

35. GUSTL

Er hat sich freiwillig gemeldet, als er die Stricke gesehen hat. Ist doch selbst auch ein Penzberger! Warum haben sie ihn nicht ins Rathaus gerufen, als der Zila und der Selbertinger, der Weißenbach und der Kopp gegangen sind? Misstrauen sie ihm? Wissen sie von der Schande seiner Eltern, glauben sie, er wäre wie die?

»Hier!«, ruft der Gustl. »Ich kenn mich aus!«

Aber sind schon andere ausgewählt worden für die Jagdgruppen, ziehen jetzt los, er läuft hinterher.

»Bub!«, sagt der Alois, hat ihn am Ärmel gepackt. »Geh nicht mit, Bub! Lass das die Männer erledigen! Wirst es ja nicht mehr los dein Leben lang!«

»Lass mich!«, ruft Gustl. Ist schon schwer genug, den Alten bei Nacht zu ertragen, sein Schnarchen, was mischt der sich ein? Warum ist der überhaupt zum Werwolf gegangen? »Ich bin nicht feige!«

Einer der Vermummten aus der ersten Jagdgruppe dreht sich um zu ihm. »Dann komm, Bub!«, sagt er, gutmütig, als erlaube er einem Kind eine letzte Fahrt im Karussell. »Kannst helfen. Kannst was lernen jetzt.«

Dann geht er schon wieder weiter.

Und der Gustl hinter ihm.

Penzberg, 28. April 1945, 22.00 Uhr

36. GUSTL, JAGDGRUPPE DES WERWOLFS, BELOHLAWEK

Das ist die Wohnung vom Belohlawek, den kennt er doch. Der ist doch ein Spezl vom Vater, da weiß man ja schon. Hat mit ihm Schafskopf gespielt, wer kann sagen, was sie da wirklich getrieben haben? Beim Belohlawek, was immer jetzt mit ihm geschieht, trifft es den Rechten.

Der Wachmann klopft an die Tür, dann tritt er einen Schritt zurück, lässt den Vermummten den Vortritt.

»Gottlieb Belohlawek?«, ruft der Jagdgruppenführer.

Die Frau, die ihnen die Tür öffnet, trägt Schwarz. Beide Söhne sind auf dem Felde der Ehre gefallen, das wird dem Belohlawek nichts nützen.

»Sie sind verhaftet!«, sagt der Anführer.

Gottlieb Belohlawek setzt sich auf, hat ja schon geschlafen, auf dem Küchensofa, braucht einen Augenblick, um zu verstehen.

»Verhaftet? Warum?«

»Hier wird nicht gefragt!«, sagt der Jagdgruppenführer. »Ziehen Sie sich an! Zum Rathaus!«

Die Frau steht starr, ahnt sie etwas? Der Belohlawek bleibt ruhig. Zum Rathaus? Da wird es ein Verhör geben, wieder einmal, kennt er doch schon aus den letzten zwölf Jahren. Aber jetzt ist es ja bald vorbei, wird das letzte Mal sein, er lächelt seiner Frau zu.

»Mach dir keine Sorgen, Frau!«, sagt er. Sagt nicht: *Geht doch eh nicht mehr lange!* Wer weiß, was sie dann mit ihm machen würden. »Bin bald zurück.«

Erst auf der Straße sieht er den Strick.

37. SCHORSCH, GUSTL

Aprilmond, fast schon Maimond, und Schorsch steht im Hauseingang nicht weit von Maries Haus und wartet. Bewacht Marie, bleibt da, um sie zu beschützen.

Der Vollmond wird also beleuchten, was geschieht in dieser Nacht, der Vollmond beleuchtet auch den Trupp, der sich jetzt dem Rathaus nähert, der Metzgerei vom Reithofer, einem Mann haben sie die Hände auf dem Rücken gebunden.

Schorsch presst sich tiefer in den Hauseingang, wo er nicht einmal mehr einen Mondschatten wirft. Wer ist der Gefangene? Was wollen sie mit ihm? Warum führen sie ihn so spät noch ins Rathaus?

»Der Balkon!«, sagt der Mann, der vorangeht,

zeigt aufs Metzgerhaus. Vermummt, Schorsch kann sein Gesicht nicht erkennen. Aber der da hinter ihm, der so aufgeregt mit den Armen gestikuliert, hüpft beinahe, den Kopf verborgen in seiner Kapuze und doch gut genug zu sehen, kennt er den nicht?

»Das ist das Haus vom Reithofer!«, ruft der jetzt, und an der Stimme erkennt Schorsch ihn. Ist doch der Gustl! Der Gustl, da hat er mal geglaubt, dass die Marie den mag, aber wie kann sie ihn mögen, wenn er jetzt ihren Vater verrät? Seine Stimme zittert beinahe vor Aufregung. Die Gruppe bleibt stehen.

Ins Haus geht sie nicht.

»Zuerst ins Rathaus, registrieren!«, sagt der Anführer. »Muss ja alles seine Ordnung haben! Und da kommen schon die Nächsten!«

Und richtig, aus der anderen Richtung erscheint die nächste Jagdgruppe mit dem Biersack, der ist auch bei den Roten gewesen. Was um Himmels willen geschieht hier gerade?

»Und bringt eine Leiter!«, sagt der Anführer.

Wie hat Schorsch nur glauben können, er hätte das Schlimmste gesehen und müsste nichts mehr fürchten? Jetzt beginnt es doch gerade erst.

Kaum sind sie im Rathaus verschwunden, da erscheint die nächste Gruppe, das ist der Summerdinger, den sie führen, Schorsch kennt sie ja alle, will sich abwenden, da marschiert der erste Trupp schon wieder aus dem Rathaus heraus mit dem Belohlawek, den erkennt er jetzt auch.

»Im Namen des Volkes!«, ruft der Anführer der Jagdgruppe. Der Belohlawek ist keiner, der noch ein letztes Gebet sprechen will, hätten sie ihn auch nicht gelassen. Hängen ihm ein Schild um, ungelenke Schrift auf weißer Pappe, damit auch jeder sieht, wer stolz ist auf das hier und wovor sie besser alle auf der Hut sein müssen, die Penzberger. Das Flugblatt hat sie doch gewarnt. *Werwolf Oberbayern.*

»Auf die Leiter!«

Eine Wolke schiebt sich vor den Mond, aber das hilft ja nicht, reicht ja nicht aus, um zu verbergen, was jetzt geschieht.

Der Belohlawek zögert, sieht sich um, steigt dann auf die Leiter, als ob er es nicht glauben kann. War doch schon Frieden gewesen am Morgen, der Krieg vorbei und das Tausendjährige Reich! Und wenn nicht heute, dann morgen, die Amerikaner sind schon zu hören. Aber er hat so vieles nicht glauben können in den letzten zwölf Jahren, und ist doch geschehen. Die Leiter ist nicht hoch, für diesen Zweck reicht sie aus.

Der Strick ist längst am Balkon festgemacht, auch schon der zweite, nun legen sie ihm die Schlinge um den Hals. Wer ihn stößt, wird man später nicht mehr wissen. Wie man keinen von denen kennen wird, die es getan haben, die ganze Nacht.

Der Mensch ist ein zerbrechliches Geschöpf, ein Wunder eigentlich, dass ihm nicht mehr passiert. Hat so eine dünne Haut nur, ist so verletzlich darunter. Hält nicht viel aus, der Mensch mit seinem schwachen Genick, dauert nicht lange, aber ist auch nicht sofort, wer weiß, vielleicht hat er noch etwas gespürt, hat gezappelt, nur kurz. Der Belohlawek.

Wie hat Schorsch nur glauben können, das Schlimmste wäre vorbei.

Der Biersack ist der Nächste, die Schlinge gleich neben dem Belohlawek, haben zusammengehalten im Leben, schwingen zusammen im Tod.

»Für den da ist hier kein Platz mehr!«, ruft der Anführer. Auch die dritte Jagdgruppe ist inzwischen wieder aus dem Rathaus gekommen, und beim Rathaus sollen sie hängen, so ist es bestimmt. Aber ist kein Platz mehr am Balkon für den Summerdinger.

»Der Lindenbaum auf der anderen Straßenseite!«, ruft der Führer der dritten Gruppe. Nun schwingt auch der Summerdinger.

Und Schorsch begreift, dass das hier die Wirklichkeit ist. Ist nicht wie am Nachmittag, jetzt weiß er Bescheid. Auch das Schlimmste kann wirklich werden, und er muss zusehen.

Vor diesen hier wird er Marie nicht schützen können.

38. GUSTL

Der Gustl hat sich übergeben. War ja noch nie dabei, wenn ein Genick bricht, das wilde Zappeln sekundenlang, bevor es zu Ende ist, bis die Zunge aus dem Mund hängt, das Gesicht blau wird.

So also ist der Tod. Ist so ganz ohne Würde.

Und dann schon der Nächste, der Nächste, den Summerdinger hängen sie am Lindenbaum auf der anderen Seite, der Gustl dreht sich weg, sein Magen will nicht aufhören, kommt nur noch Galle, aber das Würgen bleibt.

Er hat sie gekannt, alle drei: den Belohlawek, den Biersack, den Summerdinger, wird auch die kennen, die noch kommen. Waren alle Verräter. Und waren doch auch Volksgenossen, waren deutsche Volksgenossen. Waren keine Juden, keine Untermenschen im Osten, waren Deutsche. So hat er es sich nicht vorgestellt.

Aber waren Vaterlandsverräter.

Das Würgen will nicht aufhören, das Hängen hört nicht auf. »Komm mit, Bub!«, sagt der Alois. »Und sieh zu, dass dich bloß nicht noch einer kennt.«

39. VONWERDEN, GUSTL, WERWOLF

Jede Arbeit verdient ihren Lohn, das weiß auch Vonwerden. Lässt Wein bringen, Bier, auch Enzian, dass die Werwölfe sich stärken können im Rathaus zwischen ihren Gängen.

Gustl hat noch nicht viel getrunken in seinem Leben, war immer zu jung, jetzt ist er alt genug. War eben ja alt genug für anderes auch. Auf einmal scheint alles wieder im Lot. Er trinkt das dritte Glas in einem Zug.

»Waren auch zwei Weiber dabei!«, sagt einer der Werwölfe, greift nach der Flasche. Hat den Schal vom Gesicht genommen, muss sich ja hier nicht verbergen, wie sollte er sonst wohl auch trinken.

»Fett die eine, dass ich geglaubt hab, der Strick hält sie nicht!«, ruft der Zweite aus seiner Jagdgruppe.

Als könnte er hellsehen.

»Die Zenk Theres, waren so überrascht, die zwei Eheleut! Was hat der Zenk eigentlich angestellt?«

Kurz sehen sie einander an, vielleicht hat niemand die Frage gehört, niemand antwortet zumindest, der Zenk, ja war der überhaupt ein Roter? Egal, irgendwer hat ihn aufgeschrieben. Sie füllen lieber die Gläser.

»Wollten ihre Männer nicht gehen lassen, die Weiber!«, sagt der Dritte. »Die Fleissner Agathe auch nicht! Sie ist schwanger, hat sie gesagt, wir dürfen ihn ihr nicht nehmen!«

Die Männer lachen.

»Ja mei, da mussten s' halt mitkommen, die Weiber«, sagt der Führer der Jagdgruppe.

»Das nenn ich Liebe!«, ruft irgendwer und hebt sein Glas. »Jetzt hängen s' gemeinsam.«

»Wie viele Frauen?«, fragt Leit-Wolf Hans.

»Nur die zwei!«, sagt der Gruppenführer. »Die anderen haben ihre Männer alle brav gehen lassen.«

Sie prosten einander zu, tanken Kraft, muss ja noch weitergehen.

»Einer ist uns auskommen!«, sagt der Anführer einer anderen Jagdgruppe. »Aber wird nicht weit kommen! Wir haben auf ihn geschossen, und getroffen auch!«

»Das war der Kastl«, sagt Gustl, wundert sich, wie sonderbar seine Stimme klingt. »Aber war viel

Blut auf dem Boden, wo wir ihn erwischt haben. Der kommt nicht weit.«

»Der kommt nicht weit!«, prostet ein Alter ihm zu.

»Das darf nicht noch einmal passieren!«, ruft Leit-Wolf Hans. »Dann macht die Trupps größer zur Not! Sechs Mann werden doch wohl einen Gefangenen festhalten können! Nein, geht jetzt zu acht! Das ist ein Befehl!«

Hauptmann Bentrott steckt den Kopf durch die Tür. Er hält sich zurück mit den Männern seines Regiments. Nur der Werwolf beteiligt bis jetzt, die SS, die Männer der Stadtwache. Und die Polizei.

»Wenn es denn unbedingt sein muss, warum erschießt ihr sie nicht?«, fragt er. Klingt da Verachtung in seiner Stimme? Sogar Ekel? »Warum um Himmels willen der Strick?«

Zöberlein lacht, die Wehrmacht, das sind Memmen. Wie viele Gläser hat er schon getrunken? »Die Wehrmacht schießt, der Werwolf hängt!«, ruft er, hebt sein Glas, als wollte er dem Offizier zuprosten. »Heil Hitler, Bentrott!«

Dann müssen sie wieder los, liegt ja noch viel Arbeit vor ihnen. Und der Werwolf drückt sich nicht. Der Werwolf hängt.

40. SCHORSCH

Die Bäume reichen nicht aus, die Balkone reichen nicht aus vor dem Rathaus und am Hauptplatz, da müssen sie anderswo Lösungen finden. Aufgeben gilt nicht.

Schorsch hat nicht gewusst, dass man sich so fühlen kann: dabei und zugleich unendlich weit weg. Plötzlich einer, der die Dinge sieht, aber sie berühren ihn nicht mehr: Kann ja nichts tun.

Jetzt auch der Zenk und seine Frau in der Gustavstraße, noch immer nicht der Reithofer. Also haben sie ihn nicht gefunden, werden sie jetzt seine Familie dafür büßen lassen? *Verräter und Verbrecher am Volke büßen mit dem Leben und ihrer ganzen Sippe.* Was wird mit Marie?

Schorsch muss sich zwingen, an die Amerikaner zu denken, die doch nur wenige Kilometer entfernt stehen, natürlich, das ist doch gewiss! Aber wer kann das glauben, der das Morden hier gerade erlebt? Ist das hier ewig, wird niemals aufhören?

Und wenn doch. Was wird aus ihm und Marie? Ist so unwirklich auf einmal, die Sehnsucht nach Marie, stattdessen sind da nur die vielen Toten.

Was, wenn es doch ein Leben gibt nach dem Morden? Was, wenn es einmal Frieden gibt?

Schorsch denkt an seinen Vater, zügig ist der ins Rathaus gesprungen, was hat er mit all den Erhängten zu tun? Was, wenn Marie davon erfährt?

Er ist immer noch der Sohn von Polizeimeister Lahner. Nein, vor dem Gustl muss er keine Angst mehr haben, den wird Marie nicht mehr in ihr Herz lassen nach dieser Nacht. Aber was ist mit ihm?

Dem Sohn vom Lahner. Der doch dabei war, was hat er getan? Was wird Marie zu ihm sagen, wenn Frieden ist?

Sie grölen, die Männer vom Werwolf, haben getrunken bestimmt, haben nicht wenig getrunken und noch immer nicht genug, um endlich aufzuhören. Bringen den Tauschinger jetzt, natürlich, der war ein stadtbekannter Roter. Bringen ihn zu acht, mit vorgehaltenem Maschinengewehr, und mehr noch folgen ihnen, als sie unter der Kastanie vor dem Staltacher Hof die Leiter aufstellen.

Schorsch zwingt sich zuzusehen. Längst haben seine Gefühle eine Hornhaut bekommen, zu viele hängen schon. Noch immer beleuchtet der Vollmond das Morden, Aprilmond, fast schon Maimond, der Tauschinger steigt auf die Leiter, mit dem Schild um den Hals. *Der Werwolf hängt.*

»Im Namen des Volkes!«, ruft der Gruppenführer. Die Leiter wird umgestoßen wie jedes Mal zuvor, und Schorsch kann jetzt zusehen, es graust ihn nicht mehr. Wird nicht anders sein als bei denen davor, vielleicht sollte er für den Tauschinger beten? Nur ein paar Sekunden noch, dann wird der Grauvogel der Nächste sein, die Schlinge ist schon bereit.

Haben sie zu viel getrunken, die Männer? Haben den Strick nicht kontrolliert, die Schlinge? Der Strick reißt. Der Tauschinger liegt am Boden.

Die Männer, die eben noch gegrölt haben, stöhnen auf. »Er lebt!«, brüllt eine Stimme. »Der lebt doch noch!«

Die Wehrmacht schießt, der Werwolf hängt, aber immer kann man sich nicht daran halten. Gleich mehrere Schüsse geben sie ab, Blut strömt aufs Pflaster aus Tauschingers Arm, ganz ruhig liegt er nun da.

»Der macht keinen Mucks mehr!«, lallt eine Stimme zufrieden. Ein Fuß stößt den Tauschinger in die Seite, einmal, zweimal, dreimal, gegen den Kopf, der Tauschinger rührt sich nicht mehr. Noch immer strömt das Blut. »Der ist erledigt.«

Dann kümmern sie sich um den Grauvogel, bekommt seinen eigenen Baum, nicht weit vom Tauschinger in der Bahnhofstraße.

Und Schorsch versucht zu glauben, was er gerade

gesehen hat. Mag sein, er hat sich getäuscht: In so einer Nacht gibt es Nachtmahre, wer weiß, ob er noch unterscheiden kann, was Wirklichkeit ist und was nur in seinem Kopf. Hätte er doch auch niemals geglaubt, dass so ein Hängen die Wirklichkeit sein könnte. Nicht hier in seinem Penzberg.

Mag sein, er hat sich getäuscht. Aber geglaubt hat er einen winzigen Augenblick, dass der Tauschinger da auf dem Pflaster die Augen geöffnet hat.

Oder doch nicht. Jetzt sind sie wieder geschlossen.

41. SCHORSCH

Der Mond steht noch immer am Himmel, ist ein bisschen gewandert, ist immer noch voll: Aprilmond, fast schon Maimond. Das Morden braucht kein Licht aus den Häusern, das Morden ist sichtbar im Mondlicht. Verdunkelungsrollos in allen Fenstern, sollen die Stadt unsichtbar machen für den Feind, wenn er aus der Luft kommt mit seinen Bomben. Kein Lichtstrahl fällt auf die Straßen. Nur ab und zu versucht einer dahinter nach draußen zu lugen: Dann wird auf ihn geschossen von der Straße.

Aber alles beleuchtet der Mond. Fürs Hängen haben sie Licht genug.

Schorsch sieht zum Reithofer-Haus, hat sich da

oben etwas bewegt? Auch beim Reithofer alle Fenster verdunkelt, niemand kann sehen, was drinnen geschieht. Und trotzdem hat er eben geglaubt, das könnte Marie gewesen sein, da am Fenster im ersten Stock.

Oder vielleicht auch nicht, ist auf einmal ganz egal. Handeln muss er doch, als wäre sie bei ihm, könnte alles sehen, das begreift er gerade. Was er tut, tut er nicht mehr für sie: Sich selbst muss er beweisen, auf welcher Seite er steht. Egal, wer sein Vater ist.

Und das Hängen geht weiter. Der Belohlawek und der Biersack am Reithofer-Haus; in der Bahnhofstraße der Grauvogel, unter der Kastanie daneben der Tauschinger; und gleich vorne in der Gustavstraße der Summerdinger. Daneben der Zenk, am Baum gegenüber seine Frau; nur der Fleissner und die seine sind getrennt im Tod, hängt in der Adolf-Hitler-Straße der Franz, in der Gustavstraße die Agathe. Hätten sie sie nicht wenigstens vereint lassen können im Tod? Aber gab nicht genügend Bäume beieinander.

Beweisen, auf welcher Seite er steht: Wie soll das gehen? Allein gegen die grölenden Männer, die lallenden Werwölfe, was kann er da tun.

Aber der Tauschinger. Schon wieder hat Schorsch

geglaubt, der öffne die Augen. Kann auch nur das Mondlicht gewesen sein und die Entfernung, wie kann einer wohl leben, den sie gehängt und dann noch erschossen haben? Aber da kommt immer noch Blut. Da kommt Blut aus Tauschingers Arm, ganz gewiss.

Ein Toter blutet nicht.

Schorsch wartet. Irgendwann müssen denen die Stricke ausgehen. Irgendwann müssen sie so betrunken sein, dass sie nicht weitermachen können. Längst ist Mitternacht vorbei.

Schorsch steht und wartet, bis der Himmel heller wird und der Mond verschwindet. Dann gehören die Straßen ihm.

Penzberg, 29. April 1945, früher Morgen

42. GUSTL

In der Morgendämmerung erst zieht der Werwolf ab: Wer noch lebt, kann jetzt hoffen.

Dem Gustl dröhnt der Kopf: So viel Wein, so viel Enzian, so viel – getan.

»Bleib hier, Bub!«, sagt der Alois. »Ist doch deine Stadt! Und hat dich doch keiner erkannt hier. Was willst noch zurück mit dem Rudel?«

Aber Gustl geht weiter, was weiß denn der Alois. Nun wird Penzberg niemals mehr seine Stadt sein. Und Marie nicht seine Marie.

43. SCHORSCH

Der Werwolf ist abgezogen, und auch das Regiment sieht Schorsch abmarschieren: Will noch in die Alpenfestung, oder will auch nur fort, bevor die Amerikaner kommen. Die Straßen liegen still.

Dann hört er das Stöhnen, ein Toter blutet nicht. Der Tauschinger richtet sich auf. Schwankt, presst den Arm gegen den Körper, noch immer das Blut, so viel Blut, wie kann ein Mensch das überstehen? Schwankt zum nächsten Haus, der Tauschinger, schlägt gegen die Tür, fällt in sich zusammen.

Dann wird geöffnet, einen winzigen Spalt. Schorsch ahnt den Wortwechsel nur, viel zu schwach ist die

Stimme vom Tauschinger. Aber nun ist er doch gerettet! Erhängt, dann erschossen, und hat überlebt!

Da wird die Tür wieder geschlossen.

Schorsch steht starr. Wie konnten sie das tun, die Menschen dort im Haus? Wie konnten sie den Tauschinger abweisen, wenn doch der Herrgott selbst ihn so lange hat überleben lassen, ein Wunder?

Aber er kennt ja auch die Angst, spürt sie selbst seit der Abraumhalde. Wer kann denn sicher sein, dass es wirklich vorbei ist? Haben sie doch gestern Morgen auch geglaubt! Haben doch schon das Kriegsende gefeiert, wollten weiße Fahnen in die Fenster hängen!

Acht Gestalten hängen unbewegt im frühen Morgenlicht an den Ästen der Bäume, wer soll denn da wagen, dem Tauschinger zu helfen? Liegt endlich still auf dem Boden vor der verschlossenen Tür und rührt sich nicht mehr. Was, wenn er zurückkommt, der Werwolf? *Unsere Rache ist tödlich.*

Mit einem Satz ist Schorsch über die Straße. »Tauschinger!«, flüstert er. Die Augenlider flattern, es kann keinen Zweifel mehr geben. »Tauschinger, ich helf dir! Komm, stütz dich auf mich!«

Aber der Tauschinger bleibt stumm, hat lange genug gekämpft, war alles umsonst, jetzt mag er nicht mehr. Der Tauschinger liegt auf dem Boden, ganz still, auch die Lider flattern nicht mehr. Nur das Blut aus dem Arm, das fließt immer noch. Der Tauschinger ist doch so blass, eigentlich kann ja nichts mehr sein in seinen Adern, wie kann er da immer noch bluten?

»Tauschinger!« Schorsch legt sich den schlaffen Arm um die Schultern, sollen sie doch glotzen hinter ihren Rollos, sollen sie doch zusehen, weiß ja ohnehin keiner, wem die Stadt nun gehört. »Tauschinger, komm!«

Weit kann er ihn nicht schleifen, den schweren Mann, gerade nur zum nächsten Haus, hat wenig Hoffnung, als er läutet.

»Mach schnell!«, zischt die Frau, die ihnen die Tür öffnet, im Nachthemd noch, nichts darüber, war keine Zeit dafür. Alles muss schnell gehen. »Leg ihn hier auf den Flur!«

Da können sie noch nicht wissen, dass der Tauschinger nun gerettet ist. Dass er überleben wird, im Krankenhaus. Dass selbst dort der Werwolf noch nach ihm suchen wird, und wird ihn nicht finden – weil die Ärzte und Schwestern ihn verstecken.

Aber im Haus gegenüber, im Reithofer-Haus, wo die Rollos längst hochgezogen sind, steht Marie hinter dem Fenster und lächelt Schorsch zu.

Schorsch lächelt zurück. Die Angst kann nicht alles, die Angst bleibt nicht immer der Sieger. Er hat sich bewiesen, auf welcher Seite er steht.

44. VONWERDEN

Dann kommt endlich die Sonne, es wird ein schöner Tag. Die Kirchenglocken läuten, und die Penzberger wagen sich aus ihren Häusern: Werden doch zur Messe gehen dürfen!

Und sehen die Toten an den Bäumen.

»Sie haben ja welche gehängt!«, ruft der Bürgermeister, auch er auf dem Weg zur Kirche, schlägt die Hände vors Gesicht. »Herrgott im Himmel, sie haben ja welche gehängt!«

Der Werwolf ist fort, die Soldaten sind fort, wer soll ihn denn jetzt wohl beschützen? »Oh mein Gott, ich wusste ja nichts davon! Sie werden mich hängen!«

Aber die Penzberger hängen ihn nicht, ist genug gehängt worden in ihrer Stadt in der letzten Nacht. Sie nehmen ihre Toten ab, legen sie in ihre Gräber. Als am kommenden Tag die Amerikaner einziehen, zwei Tage zu spät, sind alle begraben.

An diesem Tag nimmt sich Adolf Hitler in Berlin das Leben.

NACHWORT

Wer heute nach Penzberg kommt, ahnungslos und ohne von der Mordnacht zu wissen, erlebt eine bayerische Kleinstadt, nur etwa zehn Kilometer entfernt von den Tourismushochburgen Starnberger See und Kochelsee, in der nichts an das Grauen am Ende des Zweiten Weltkriegs erinnert. Sämtliche Gebäude im Stadtzentrum, vor denen acht Menschen in der Nacht vom 28. auf den 29. April 1945 sterben mussten, gibt es nicht mehr: Links neben dem Rathaus, wo am Balkon der Metzgerei Reithofer Gottlieb Belohlawek und Franz Biersack erhängt wurden, ein paar Schritte weiter auch Franz Xaver Fleissner, steht jetzt ein modernes Geschäftsgebäude; und der Gasthof Staltacher Hof, vor dem Albert Grauvogel sein Ende fand und bei der Erhängung des Sebastian Tauschinger an einer Kastanie der Strick riss, ist einem Marktplatz gewichen. Auch die Häuser am Anfang der Gustavstraße dem Rathaus gegenüber, wo weitere vier Menschen gehenkt wurden, gibt es nicht mehr: Hier stehen jetzt moderne Wohngebäude und zwei Cafés. Keine Plakette, kein Stolperstein erinnert am Rathaus daran, was hier geschehen ist.

Nur wer weiß, wonach er sucht, und keinen Wegweiser braucht, findet ein wenig außerhalb des Zentrums hinter einem Kreisverkehr und einem großen

Supermarkt schließlich den Ort, an dem die ersten sieben Opfer erschossen wurden. Hier erinnert ein Mahnmal seit 1948 daran. Auch einige Straßen im Neubaugebiet, in dem sich das Mahnmal heute befindet, sind nach Opfern der Mordnacht benannt; allerdings ohne dass dem Fremden erklärt würde, wer die Männer waren, die diese Namen trugen. Mitten dazwischen auch eine Sophie-Scholl-Straße: Hier gibt es ein erklärendes Schild.

Die Stadt gedenkt der Mordnacht sehr zurückhaltend; mag sein, die Wunden sind bis heute, fünfundsiebzig Jahre danach, noch nicht alle verheilt. Auch nach der kleinen Gedächtnisausstellung im modernen Stadtmuseum muss man eine Weile suchen.

Als ich vor kurzer Zeit zum ersten Mal von der Penzberger Mordnacht erfahren habe, war ich erschüttert. Nicht nur über das, was dort passiert ist. Auch darüber, dass ich vorher nie davon gehört hatte – und auch sonst niemand, den ich fragte.

Es gibt den Begriff »Endphasenverbrechen«: Gerade in den letzten Wochen des Zweiten Weltkriegs, vor dem offiziellen Kriegsende am 8. Mai 1945, in manchen Fällen sogar danach, wurden noch viele Menschen hingerichtet. Wozu, im Guten wie im Schlechten, sind ganz und gar durchschnittliche Menschen fähig? Diese Frage, die sich mir in Bezug auf die Shoah schon immer aufgedrängt hat, stellte sich mir am vollkommen anderen Beispiel Penzberg neu.

Und ich wollte darüber schreiben, erst recht in einer Zeit, in der die Verbrechen des Nationalsozialismus bei vielen Jugendlichen mehr und mehr in Vergessenheit geraten, in der von manchem laut nach einem Schlussstrich gerufen wird und die Taten der Nationalsozialisten bei bestimmten Gruppen sogar Bewunderung hervorrufen. Penzberg zeigt: Eine unmenschliche Politik betrifft am Ende selbst diejenigen, die glaubten, unbeteiligt bleiben zu können.

Die Geschichte von Marie, Schorsch und Gustl ist frei erfunden; Metzgermeister Reithofer hatte einen Sohn, in »Dunkelnacht« hat er nun eine Tochter. Und ob Polizeimeister Lahner tatsächlich Kinder hatte, habe ich nicht herausfinden können: Dies ist eine Novelle, keine Dokumentation, und für das grausame historische Geschehen spielen diese Fragen keine Rolle.

Denn sonst ist alles, was in diesem Buch über die Geschichte Penzbergs und die Vorfälle am 28. und 29. April 1945, einen Tag vor dem Einmarsch der US-Truppen, geschah, haargenau so belegt. Äußerungen der historischen Personen sind sogar zum Teil wörtlich aus den Quellen übernommen. Überlegt habe ich eine Weile, ob ich nicht trotzdem die Namen verändern sollte. Aber sollten die Opfer nicht wenigstens ihre Namen behalten dürfen?

Dann aber mussten es auch die Täter.

Es ist mir schwergefallen, einen Schlusspunkt zu setzen. Denn am 29. April war die Geschichte für Penzberg ja noch lange nicht zu Ende, auch nicht am 30. April mit dem Einmarsch der Amerikaner. Wie um Himmels willen haben sie weiter zusammengelebt in dieser Stadt nach dem Ende des Krieges: die Witwen und Waisen der Opfer – und die Frauen und Kinder der Täter? Wie kann eine Stadt so weitermachen? Und wie konnte sie später die Freisprüche für die Täter ertragen?

Eine detaillierte Dokumentation des Prozesses von 1948 mit seinen vielen Zeugenaussagen war es vor allem, die mir beim Schreiben geholfen hat. An seinem Ende standen zunächst zwei Todesurteile für Ohm und Zöberlein, zweimal lebenslänglich Zuchthaus und in fünf weiteren Fällen Zuchthaus- und Gefängnisstrafen. Aber alle Angeklagten haben Revision eingelegt, zum Teil mehrfach, und sämtliche dieser Prozesse endeten schließlich mit einem Freispruch – sogar der letzte Prozess 1956 gegen den ursprünglich zum Tode verurteilten Oberstleutnant Ohm. Und der ebenfalls zum Tode verurteilte Hans Zöberlein erhielt 1958 Haftverschonung aus gesundheitlichen Gründen: Seit Anfang der Fünfzigerjahre saßen in den deutschen Gerichten vielfach wieder alte Nazis, und Kriegsverbrecher hatten von ihnen häufig wenig zu fürchten. Sie alle hatten nach Meinung der Gerichte nur Befehle befolgt und damit ihre Pflicht getan. Niemand war also schuldig. Sie alle, die Täter, durften schließlich zurück in ihr Leben.

Anders als, natürlich, die Opfer. Sechzehn Ermordete und kein einziger Mörder. Das soll man verstehen können.

Der Bürgermeister von Penzberg hat im Februar 1956 nach dem letzten Revisionsprozess und dem Freispruch für Oberstleutnant Ohm beim Schwurgericht des Landgerichts München Protest eingelegt. Und Richter Dr. Naaff, dessen Prozessführung 1948 beispielhaft und mustergültig rechtsstaatlich gewesen war, quittierte resigniert seinen Dienst. Geändert hat das nichts. Gerade deshalb sollte wenigstens das Gedächtnis an die Opfer wachgehalten werden.

Ich danke Bettina Wutz vom Penzberger Stadtarchiv, ohne deren großzügige Unterstützung dieses Buch nicht hätte geschrieben werden können. Trotz aller Recherchen werden mir Fehler unterlaufen sein. Sie habe ich ganz allein zu verantworten.

Kirsten Boie, im Oktober 2020

Wenn man heute nach Penzberg kommt, ist das Gedenken an die Mordnacht dort auch für Fremde sehr viel sichtbarer geworden. Nicht nur eine Bronzeplakette auf dem Stadtplatz neben dem Rathaus erinnert inzwischen daran, was hier 1945 geschah, erschütternd sind auch die Stolpersteine, die vor den Häusern sämtlicher Opfer verlegt wurden. Und wer noch tiefer in das Geschehen eintauchen will, für den gibt es die Möglichkeit einer Stadtführung zum Thema Mordnacht. Damit gedenkt Penzberg dieses tragischen Ereignisses für jeden wahrnehmbar auf würdige Weise.

Kirsten Boie, im Juli 2023

ANHANG

LISTE DER OPFER

(in alphabetischer Reihenfolge)

Paul Badlehner, geb. 23. 12. 1899 (erschossen)

Gottlieb Belohlawek, geb. 7. 11. 1897 (erhängt)

Franz Biersack, geb. 7. 11. 1896 (erhängt)

Michael Boos, geb. 29. 2. 1888 (erschossen)

Johann Dreher, geb. 20. 10. 1895 (erschossen)

Agathe Fleissner, geb. 27. 12. 1904 (erhängt)

Franz Xaver Fleissner, geb. 21. 9. 1900 (erhängt)

Albert Grauvogel, geb. 7. 9. 1901 (erhängt)

Rupert Höck, geb. 14. 2. 1891 (erschossen)

Josef Kastl, geb. 3. 12. 1905 (erschossen)

Ludwig März, geb. 14. 8. 1897 (erschossen)

Hans Rummer, geb. 24. 6. 1880 (erschossen)

Michael Schwertl, geb. 9. 8. 1901 (erschossen)

Johann Summerdinger, geb. 26. 6. 1899 (erhängt)

Johann Zenk, geb. 19. 7. 1899 (erhängt)

Therese Zenk, geb. 19. 5. 1900 (erhängt)

Sebastian Tauschinger sollte ebenfalls erhängt werden, der Strick riss jedoch, und er konnte, obwohl danach von einem Schuss in die Pulsader getroffen, entkommen. Franz Schwab wurde angeschossen und konnte ebenfalls fliehen.

LISTE DER BEGRIFFE UND EREIGNISSE
(in der Reihenfolge, in der sie im Text erscheinen)

BDM-Uniform

BDM, Bund Deutscher Mädel. Dazu s. u. HJ

Werwolf

Der »Werwolf« wurde im September 1944 als Untergrundorganisation gegründet. Er sollte hinter den Linien der alliierten Truppen im von ihnen eroberten Gebiet Sabotageakte verüben und die deutsche Bevölkerung an der Zusammenarbeit mit den Besatzern hindern. Tatsächlich meldeten sich nur wenige Freiwillige, und es wurden so gut wie keine Sabotageakte verübt, Morde an deutschen »Volksverrätern« kamen dagegen häufiger vor.

Pimpf

Dienstgrad für 10- bis 14-jährige Mitglieder des Deutschen Jungvolks. Nach bestandener »Pimpfenprobe« durften Pimpfe zur Jungvolk-Uniform außer Diensthose, Lederkoppel mit Koppelschloss, Braunhemd, Halstuch und Lederknoten auch Schulterriemen und das HJ-Fahrtenmesser tragen.

HJ – Hitlerjugend

Die Hitlerjugend (kurz: HJ; für Mädchen: Bund Deutscher Mädel, BDM) war ab 1933 der einzige staatlich anerkannte Jugendverband in Deutschland. Ziel war es, Jugendliche im Sinne des Nationalsozialismus zu erziehen. Die gesetzlich vorgeschriebene »Jugenddienstpflicht« betraf ab 1939 alle Jugendlichen zwischen 10 und 18 Jahren, zeitweise waren 98 Prozent aller deutschen Jugendlichen Mitglieder. Alle anderen Jugendorganisationen wurden verboten und aufgelöst. Am Ende des Krieges wurden viele männliche Jugendliche zum Volkssturm (s. u.) eingezogen, viele verloren dabei ihr Leben.

HJ-Führer

Jugendliche sollten in der HJ von nur wenig Älteren »geführt« werden, Zehnjährige etwa von Zwölfjährigen, die unbedingte Autorität besaßen, Befehle erteilen und Bestrafungen anordnen durften. HJ-Führer selbst konnten nicht zur Rechenschaft gezogen werden.

Rote und Sozen

Kommunisten und Sozialdemokraten. Sie waren die Ersten, die nach dem Regierungsantritt Hitlers 1933, der sogenannten »Machtübernahme« oder »Machtergreifung« (s. u.), ins Gefängnis oder KZ geschickt wurden und Stellen im öffentlichen Dienst verloren.

Volkssturm

Der Deutsche Volkssturm wurde am 18. Oktober 1944 gebildet, um »den deutschen Heimatboden zu verteidigen« – inzwischen rückten die alliierten Truppen immer weiter nach Deutschland vor. Da alle wehrfähigen Männer an der Front, in Gefangenschaft oder gefallen waren, setzte sich der Volkssturm aus Jugendlichen und Alten zusammen. Der Volkssturm war kaum ausgebildet, schlecht ausgerüstet und erzielte bei hohen Verlusten so gut wie keine Wirkung. Offiziell galt der Volkssturm als Teil der Wehrmacht.

Volksempfänger

Der Volksempfänger war ein Radiogerät, das im Auftrag von Propagandaminister Goebbels nach Machtantritt Hitlers 1933 entwickelt wurde und wegen seiner geringen Kosten dem größten Teil der Bevölkerung die Anschaffung ermöglichte. Er war eins der wichtigsten Propagandainstrumente der NSDAP.

Winterhilfswerk

Das Winterhilfswerk des Deutschen Volkes sollte den Staatshaushalt von Fürsorgeleistungen (Sozialleistungen) entlasten. Es sammelte Geld oder Sachspenden, mit denen Bedürftige unterstützt wurden. Ab 1939 übertrafen die Leistungen des Winterhilfswerks die staatlichen Leistungen aus Steuermitteln.

Wehrmacht

Bezeichnung für die Gesamtheit der Streitkräfte im nationalsozialistischen Deutschland, entspräche heute in etwa der Bundeswehr.

Leit-Wolf

Befehlshabender Offizier eines Werwolf-Rudels (dazu s. o. Werwolf)

Gauleiter

Gauleiter war ein Parteiamt der NSDAP, kein staatliches Amt. Trotzdem trafen Gauleiter häufig Entscheidungen, die in rechtsstaatlich organisierten Staaten eigentlich von staatlichen Stellen getroffen werden. Daher kam es oft zu Kompetenzstreitigkeiten, die dann in der Regel zugunsten der NSDAP entschieden wurden. Deutschland war in 43 »Gaue« (Regionen) aufgeteilt, jedem Gau stand ein Gauleiter vor.

Machtergreifung

Ernennung von Adolf Hitler zum Reichskanzler am 30. Januar 1933 durch den Reichspräsidenten von Hindenburg und Umwandlung Deutschlands vom demokratischen Rechtsstaat in einen nationalsozialistischen Führerstaat.

Alpenfestung

Ende 1944 erklärten Adolf Hitler und die nationalsozialistische Führung, es gäbe eine Alpenfestung, von der aus im für den Feind schwer zugänglichen Alpengebiet Deutschland verteidigt werden sollte. Tatsächlich hat diese Alpenfestung nie existiert, die Behauptung ihrer Existenz wurde in der Endphase des Krieges aber zu Propagandazwecken genutzt.

Schutzhaft

Inhaftierung von Regimegegnern und missliebigen Personen in Gefängnissen und KZs ohne Gerichtsverfahren, allein auf Anordnung der Polizei, später der Gestapo.

Standgericht

Ein Standgericht kann Urteile ohne Gerichtsverfahren verhängen – zuständig ist der jeweilige Befehlshaber. Im Zweiten Weltkrieg wurde regelmäßig davon Gebrauch gemacht. In der Bundesrepublik sind Standgerichte verboten.

NSDAP

Nationalsozialistische Deutsche Arbeiterpartei. Ihr Vorsitzender war seit 1921 der spätere Reichskanzler und »Führer« Adolf Hitler. Die NSDAP lehnte die Demokratie ab und war konsequent antisemitisch. Beides bestimmte Hitlers Politik in den Jahren seiner Herrschaft seit 1933: Die Demokratie (und mit ihr alle anderen Parteien) wurde in Deutschland abgeschafft; die jüdische Bevölkerung wurde zuerst wirtschaftlich vernichtet, verfolgt und schließlich in Konzentrationslagern umgebracht (»Endlösung der Judenfrage«). Nach dem Ende des Zweiten Weltkriegs 1945 wurde die NSDAP verboten und aufgelöst.